La
mariposa
junto
al trapecio

La mariposa junto al trapecio

VICENTE R. BLASCO

letradepalo
ediciones

www.letradepalo.es

La mariposa junto al trapecio

© Vicente Ramón Blasco Martínez, 2014

© Ediciones Letra de Palo, S.L., 2014
www.letradepalo.es
www.facebook.com/Letradepalo
editorial@letradepalo.es

Diseño de cubierta: Vicente Montesinos
Maquetación: Letradepalo
Impreso en: Service Point

ISBN: 978-84-15794-12-7
Depósito Legal: A 615-2014
Materia IBIC: FA

Original revisado de acuerdo a las normas de la Real Academia de la Lengua Española aprobadas en 2010.

AGRADECIMIENTOS

*Gracias de todo corazón a mi familia
y a mis amigos por no parecerse en absoluto a
ninguno de los personajes de esta novela.*

«Lo que llamamos casualidad no es ni puede ser sino la causa ignorada de un efecto desconocido.»

Voltaire (1694-1778)

PRIMERA PARTE

VOLTERETA SIMPLE

CAPÍTULO UNO

TRES HORAS ANTES
DE LA CAÍDA

LA MASCARADA

Nunca pensó que fuera capaz de hacerlo.

El motivo principal era el miedo a las represalias, pero había otra razón de peso. Era que hasta hacía muy poco sentía que se encontraba en la cima, en la cúspide, en el trono más alto del inframundo, el lugar que siempre había soñado. Pensaba que lo tenía todo o casi todo porque, aunque faltaba en su vida una pieza fundamental, tenía aquello que media humanidad anhelaba: poder y dinero.

Con lo primero compraba voluntades. Con lo segundo compraba todo lo demás, incluyendo aquellas voluntades que su poder no alcanzaba a conquistar. Su poder, ¿de dónde venía? Del miedo. Pocos eran tan temidos como él. Su fama de despiadado y las historias que se contaban acerca de su crueldad le abrían casi todas las puertas. ¿Y el dinero? El dinero era suyo gracias a la venta de coches de ocasión de dudosa procedencia, de las chicas que hospedaba en sus restaurantes con derecho a cama y compañía y sobre todo del polvo blanco que le llegaba desde el hemisferio sur en forma de cilindros compactos del tamaño de un par de paquetes de monedas de euro, uno detrás del otro. Aquí, paisanos bien organizados lo adulteraban, dejando un producto listo para la venta y por el que muchos pagaban cantidades equivalentes a buenos juguetes para sus hijos o a cenas románticas y conciliadoras con sus esposas. Así era la coca: unas horas de tenso lujo a cambio de renunciar a los verdaderos placeres de la vida. O no. Pero eran sobre todo esos inconscientes los que le habían hecho millonario al fin y al cabo, por lo que jamás les recriminaría nada, ni en público ni en privado.

Y allí estaba, solo en aquella cabaña en lo más profundo de la cordillera montañosa del norte, fumando tabaco rubio continental y bebiendo el mejor licor destilado de las islas mientras las agujas del reloj giraban con su cadente ritmo y acercaban más su nuevo futuro al falso presente, ese que estaba configurando meticulosamente durante los últimos días.

El primer movimiento fue llamar personalmente para dar sus datos y concertar una visita a las oficinas de la agencia con el propósito de alquilar una semana la cabaña en aquel extraordinario paraje. Era realmente cara, cualquier familia media no podría permitirse semejante lujo. Él sí, evidentemente. Y si bien necesitaba cierta privacidad a la hora de llevar a cabo su verdadero plan, no era su intención pasar desapercibido en el registro del alquiler: se debía tener claro, a posteriori, que era Luis Cano quien había visitado aquellas oficinas y quien había estado casi tres días en esa cabaña.

El segundo paso, con el fin de dejar claro lo anterior, había sido solicitar los servicios de una señorita profesional para que le hiciera compañía unas cuantas horas en su segundo día. Resultaron bastante patéticas, por cierto, ya que el heroico esfuerzo de la prostituta por satisfacer a su cliente no le trajo a la esmerada profesional más que cansancio y un ligero entumecimiento en la mandíbula: Luis no podía concentrarse. Pero compensó su empeño con una propina más que agradecida, ya que al fin y al cabo su intención no era más que añadir otro testigo que pudiera asegurar, sin duda alguna, que efectivamente era él quien había estado allí. En un principio había valorado la posibilidad de hacer llegar cualquier otro profesional liberal con el mismo fin. Por ejemplo, pensó en que le visitara un agente de seguros. Pero cuando analizaran los hechos resultaría poco creíble: ¿con qué propósito llamaría un hombre como él a un vendedor para que le visitara en una cabaña de lujo alquilada en lo profundo del macizo montañoso y le contratara un seguro? Pensó también en un cristalero. Habría que romper uno exterior y punto. Pero el contrato decía que en caso de avería o rotura de cualquier elemento había que llamar a la empresa de alquiler y ellos se encargarían de enviar a la persona adecuada. ¿Y si venía a repararlo el tercer día? ¿Y si el individuo era algún encargado del tipo sabelotodo y le entraban ganas de husmear? Tendría que evitar que entrara en determinadas estancias y eso podría levantar sospechas. No, no. Estaba claro, la mejor opción era la puta. El deber y el placer no tienen por qué estar reñidos.

El tercer movimiento había sido ponerse en contacto con su mejor amigo, en el que más confiaba. No tardaría en llegar. Compañero de colegio en la infancia y de correrías en las puertas de la adolescencia, durante muchos años había sido su apoyo en la distancia. Y pese a que sabía que podía contar con él cuando lo necesitara solo le pedía ayuda muy de vez en cuando, ya que tenía un regimiento de voluntarios dispuestos a lamerle el culo y alguna que otra brigada de profesionales de los bajos fondos en disposición de devolver favores o de comenzar a ganárselos. Pero esta vez nadie, absolutamente nadie de su círculo habitual debía saber qué escenario estaba montando, todos debían pensar que la tragedia que se avecinaba no había sido nada más que un error de cálculo o un simple ajuste de cuentas.

Por fin sonó un motor. Se abalanzó raudo hacia la ventana, inquieto, dudando de si el conductor era quien esperaba o no, no fuera que uno de sus lacayos –el más fiel– no acatara sus órdenes y después de seguirle el rastro se hubiese acercado a comprobar que el jefe estaba bien, aún a riesgo de ser severamente castigado. Todos, absolutamente todos, sabían perfectamente de lo que era capaz el Cano, como así llamaban a Luis en su ambiente casi clandestino. Ese hombre, Narciso, más conocido como el Abuelo, era su sombra desde hacía algunos años y seguramente le estaba echando de menos, y pese a que Luis dejó claro que quería absoluta intimidad durante esos días no estaba seguro de que ese hombre no se las ingeniara para poder protegerle sin incumplir las normas.

Pero no, ahí estaba su «conseguidor», el hombre de las mil soluciones, su amigo. Hacía más de tres años que no lo veía, pero ahí lo tenía, a su lado, exactamente igual que cada vez que le había pedido algo.

—Luis, un abrazo.

Era el único que le llamaba Luis. Sus padres lo hicieron en su tiempo. Ahora no, ya fallecidos. Su padre había sido un hombre rico al ser único heredero de una empresa de curtidos que daba mucho dinero. Creó una rama dentro de ella especializada en tapicerías para coches de alta gama, para lo que contó con Luis como jefe de departamento cuando cumplió los veintitrés. No duró tres meses: Luis ya estaba enredado en el tejido oscuro de los bajos fondos y lo que le pedía su padre le robaba mucho tiempo de las actividades que le iban a hacer millonario de forma paralela. Esta faceta ilegal no era necesaria para su estabilidad económica, por supuesto. Solo era una simple y común ansia de poder a la que Luis le dio absoluta prioridad.

Su madre sufrió mucho con todo aquello, más que su padre. Había sido una mujer completamente feliz hasta que vio que su único hijo tomaba un rumbo totalmente distinto al previsto. Solía decir: «Luchamos contra la naturaleza», y Luis callaba y se preguntaba si era el destino a lo que ella se refería. Durante un largo período de tiempo no habló con ella apenas, sobre todo desde que en una tormentosa discusión con su padre ella defendió a su marido y le propinó a él un bofetón. Pensó que era una grandísima desgraciada defendiendo al mismo hombre que le ponía los cuernos una y otra vez. Y él, que lo sabía y era discreto al respecto y se enfrentaba a su padre por ello cuando ella no estaba delante, era abofeteado por un asunto relacionado con el puto dinero. Cruz y raya. Poco después aquel matrimonio, envuelto en una espiral de destrucción interna, acabó estrellándose contra un árbol de la antigua carretera a la capital, en uno de los pocos tramos en los que quedaba alguno por arrancar.

—Dios mío, ese que trae el cuerpo es… ¿deficiente?

—Qué querías, necesito un tío fuerte y que no tenga que matar después para que no hable acerca de lo que vas a hacer, cabrón.

El grandullón dejó caer el cadáver envuelto en la lona con más cuidado del que cabía esperar, como si quisiera que el pobre fiambre no sufriera con el golpe. Lo dejó en medio del salón, sin preguntar dónde debía haberlo dejado, y salió de nuevo hacia el coche a por el resto del material. Luis ya tenía preparados un par de vasos anchos con su elixir preferido; uno lo llevó hasta su boca y el otro lo tendió hacia su gran amigo mientras sonreía demostrando un sincero agradecimiento a la vez que un profundo pesar. Porque en realidad ese amigo se estaba convirtiendo en su puerta hacia la salvación, hacia su reencarnación definitiva, pero una parte del precio que tenía que pagar era, casi con total seguridad, no volver a verlo nunca más. Aparte de ese doloroso detalle y el de marcharse sin poder llevarse consigo su más secreta obsesión, el resto de los acontecimientos los estaba viviendo de una forma especialmente excitante.

—Cuidado, hostias —exclamó el amigo cuando su «empleado» tropezó con el cuerpo tendido evitando por muy poco caer al suelo junto con parte de los utensilios que portaba.

—Coño, ahora que lo pienso… el explosivo lo meterás tú, ¿verdad?

—Claro, lo traigo aparte, en una olla. Cloratita. Once kilos. Ahora después voy. Pero tranquilo, está bien protegida en el asiento del copiloto. Al fiera lo he traído detrás, le he puesto vídeos cachondos en una *tablet* y ha venido todo el camino descojonado. Así no podría reconocer el camino hasta aquí.

—¡Pero si es de noche!

—Por si acaso.

—No dejas un cabo suelto, la hostia.

Después del segundo brindis no hubo más; había que estar con los sentidos afilados para acabar de preparar la función. Gran función. Al grandote, bonachón él, no le dejaron entrar en la cocina no fuera que tocara lo que no debía y hubiera fuegos artificiales antes de tiempo. Como tampoco lo dejaban salir por el riesgo a que se perdiera en el bosque y empezaba a notársele bastante inquieto, optaron por darle un tranquilizante. En pocos minutos estaba roncando como un poseso, hasta el punto que tuvieron que seguir con la puerta cerrada de la cocina porque no había dios que se concentrase. Una vez conseguido esto, y para aliviar la tensión, el amigo comenzó a hablar acerca de la procedencia del cuerpo, explicación que Luis escuchó con curiosidad y admiración.

Su amigo había tenido que, con ayuda de algún contacto, buscar un varón fallecido menos de tres días antes, con la misma estatura y peso que él, y que hubiera elegido no ser incinerado; llamar a sus colaboradores de confianza con habilidad para el bricolaje para profanar el nicho elegido al amparo de la noche –luna nueva– y dejarlo todo como estaba en menos de media hora, para que la familia nunca notara la ausencia física del ser (más bien del que llegó a ser ser) querido. Menuda noche. De ese tema pasaron al del ayudante. Era el hermano de un amigo de otro amigo, y en casa trataban al desdichado como a un perro. Por ello, cada vez que lo reclamaba para hacer algún servicio especial –siempre a cambio de un par de billetes– era motivo de alegría tanto para la familia como para el propio chaval. Luis prestaba tanta atención al relato como a la habilidad de su amigo para preparar el explosivo. Y entre el trabajo meticuloso, entre charla y charla, anécdotas y otras viejas historias, en poco más de una hora tenían todo resuelto. El amigo, el experto, el «conseguidor», le hizo un preciso resumen de situación.

Tenían la olla con la cloratita sobre la mesa de la cocina, junto con el cordón detonante y el temporizador; el deportivo rojo de cuantiosos caballos en la misma puerta de la cabaña, listo también para morir junto con el hombre vestido con la ropa de Luis (este moriría ya por segunda vez); el carné y el pasaporte falsos en la cartera; el coche con el que iría al aeropuerto y que había alquilado el experto –también con papeles falsos– aparcado a la salida del pueblo al pie de la montaña… Bien, solo quedaba despertar al grandullón, dejar la cabaña, subirse al segundo coche alquilado (el gris, con el que había llegado la desigual pareja), y descender por la carretera enrevesada.

En tres horas aproximadamente esa vieja vida, por fin, acabaría para él.

LA FRAGUA

Se había jurado a sí mismo que jamás lo haría.

Pero ahí estaba él, sujetando con sus dedos índice y pulgar lo que hasta hacía medio minuto tenía forma de billete de los de tres cifras. Inclinándose para aspirar la de la izquierda. La más larga.

—En fin, si me pongo, me pongo.

—Esa es la filosofía, coño.

Nunca se había metido nada. Sí, llegó a fumar algún porro, muy de joven, pero caladas sueltas y siempre bajo invitación. Aquello sentía que era perdonable. Esto, no lo sabía.

—¿Pero qué coño hago yo a mi edad haciéndome una raya? —preguntó casi pidiendo perdón—. ¿Esto es normal?

—Joder, Andrés, ¿qué es normal y qué no? Yo me meto de vez en cuando y tengo la misma edad que tú. ¿Soy normal? Y yo qué sé…

Andrés Abad, licenciado en psicología y jefe de negocio de una de las más prósperas empresas de distribución del territorio nacional, poeta y músico, hombre comedido y sensato donde los hubiera, acababa de aspirar una exquisita combinación de lactosa, anfetaminas, lidocaína, ciclofalina y un escaso treinta por ciento de cocaína (es decir, los ingredientes y proporciones más o menos habituales) pensando que estaba, por fin, degustando lo mejor de lo mejor del más al sur de los hemisferios. Ni siquiera su gran amigo se había parado a pensar de qué estaba compuesto un gramo de lo que solía adquirir como coca. No importaba. Si el consumo era ocasional… Pero lo cierto es que ese gramo había llegado a sus manos a través de gente de confianza, por lo que no había nada que temer. En fin, ese era el pensamiento más cómodo. Para qué creer otra cosa.

—Beba usted, señor Abad, no se corte —dijo el amigo en tono jocoso, rellenando el vaso de licor de malta que Andrés acababa de apurar de un golpe.

—Estimado amigo. La verdad es que tú y yo los treinta y siete no los volvemos a cumplir. Así que, ya que me he estrenado hoy, y como se supone que el tiempo pasado no vuelve, y… como estoy contento, y mañana vuelve mi mujer y… yo he decidido darle un giro de ciento ochenta grados a mi actitud…, y eso implica a mi vida…

Su amigo esperó paciente el fin de la frase mientras miraba, a su vez atónito, cómo Andrés tomaba de nuevo su dosis de alcohol correspondiente de un solo trago.

—… vuelve a llenar este puto vaso y brindemos.

—Coño, me dejas perplejo. Estás pletórico. Así me gusta, positivismo, positivismo. Pero controla con la bebida que la coca no hace milagros, joder.

Mientras el otro iba preparando un par más, el aprendiz de cocainómano se recostó en el sillón del despacho de su compañero de nuevas y clandestinas juergas y pensó en lo rápido que ambos habían entablado una verdadera amistad. Hacía menos de un año que se habían conocido –en circunstancias poco propicias para comenzar ninguna relación– y hoy por hoy era su mejor amigo.

Este era propietario de un bar de copas del casco antiguo al que Andrés llegó, junto a algunos de sus compañeros de trabajo –como le gustaba llamar así a la gente que trabajaba con él aunque estuvieran a sus órdenes– después de una cena de Navidad. En pocas ocasiones aparte de estas solía frecuentar *pubs* o locales nocturnos, por lo que cada vez que lo hacía se sentía relativamente incómodo, fuera de lugar. Esa noche, como era habitual en aquellas circunstancias, se sentó en uno de los pocos taburetes libres que había en el abarrotado local, y con un combinado de los que él era capaz de hacer durar una eternidad se dedicó a disfrutar de las bromas y los bailes de los suyos y a mirar –eso sí, con estricto disimulo– a las doncellas que eran dignas de ser observadas. Una de ellas era, por desgracia para él, su secretaria. A él no le gustaba emplear esa palabra, por lo que la daba a conocer en un entorno profesional como su «adjunta». La muchacha que debió ser no distaría mucho en atractivo de lo que hoy era, un par de décadas después. Separada recientemente, la mujer acomodada de hacía unos meses era ahora una criatura empeñada en beberse la vida de un golpe, y esa sed, y la de alcohol destilado, la hizo desinhibirse de tal forma que desprendía erotismo en cada movimiento. Sus compañeros la miraban con entusiasmo, y Andrés, animado por los grados de su nuevo destilado de caña, la observaba con absoluto e inconsciente deseo. Ella sí fue consciente de que, por primera vez, su admirado jefe –ese por el que hubiera dejado todo antes si él se lo hubiera pedido– estaba sensible a sus encantos. Así que en cuanto tuvo ocasión, y con la excusa de dejar el vaso en una repisa detrás de él, se acercó lo suficiente como para hacerle una proposición disimulada al oído. Andrés sintió un chasquido en su conciencia. De pronto emergió el señor Abad, el jefe de negocio, el esposo fiel y enamorado, y se asomó tanto el personaje por sus ojos que la mujer vio en ellos un rechazo que rayaba lo feroz. Con la clase y el saber estar que la caracterizaba optó por no marcharse y evitar así dar lugar a rumores, no fuera que alguien hubiera estado atento a la escena y a los intérpretes. Pero el permanecer allí le dio la oportunidad de dar celos –o eso pensaba ella– al individuo que le acababa de rechazar, por lo que bebió y bailó más de la cuenta con un joven incauto que no supo entender que estaba siendo utilizado. Y a la postre el susodicho iba a acabar siendo el último ingrediente de una espontánea y explosiva fórmula, ya que por el circuito intravenoso de aquel inmaduro y encabritado semental circulaba una carga importante de combustible alcohólico que prendió cuando ella lo vio venir y quiso recular. Cuando Andrés quiso defenderla ya era tarde; los compañeros subordinados trataron de evitar la caída de su jefe sin éxito. Ahora estaba en el suelo, con la nariz rota manando sangre, viendo y oyendo, como si de un sueño se tratase, a gente girar y caer y gritar y volver a caer. Todo lo que le contaron después fue que los compañeros, solidariamente, ayudaron con algo de brusquedad a salir del local al desafortunado chaval, no sin provocar una serie de daños colaterales del tipo rotura de cristales, vasos, espejos, apliques y algún que otro taburete. Tras la tormenta perfecta, Andrés, con un gran sentimiento de culpabilidad y un todavía mayor sentido de la responsabilidad, solicitó hablar al día siguiente con el dueño del negocio para pedirle disculpas y asumir personalmente el coste de los desperfectos, y con ello hacer que retirara la denuncia a los tres colaboradores que participaron más activamente en el accidentado desalojo.

Y allí, en el presente, tenía a su amigo arrodillado frente a la mesita diciendo:

—Esta vez me toca a mí primero.

El señor Abad sonrió y se sumergió de nuevo en las aguas del pasado.

Cuando se conocieron congeniaron al instante. Los primeros segundos de la reunión, en el mismo despacho donde se encontraban ahora, fueron incómodos para ambos, sobre todo para Andrés. Pero en cuanto hizo sincera mención de la belleza del cuadro que había en la pared frontal –autorretrato pintado por la madre del dueño–, nada más comentar que, aunque parecía estar de moda lo contrario a él le encantaba la Navidad –el otro escribía cuentos navideños y era un experto belenista– y tras comprobar que tenían otros gustos y aficiones asombrosamente similares tales como el tiro con arco y el tiro olímpico –de precisión con pistola, para más señas–, ese encuentro fue el primero de un gran número de ellos que no hicieron sino construir y afianzar una amistad a todas luces sincera y confortable.

—Pero Andrés, te hablo en serio, las palabras sabes que son palabras y son los hechos los que te van a sacar de esta encerrona —dijo como preámbulo a la pregunta clave—. Dime la verdad. ¿Estás decidido a cambiar realmente?

—La quiero tanto que no puedo hacer otra cosa. De otra forma la perdería.

Andrés y Laura contrajeron matrimonio un domingo de invierno hacía tres años. Él ya había conocido el amor, pero no uno como este. Era un hombre sensible, clásico, casi barroco, hasta el punto de que muy pocas veces era capaz de acabar en la cama con una mujer si no había una conexión no carnal entre ellos. Pese a la contradicción no era por no desearlo, sino porque era incapaz de tener una erección si no había algo más, si no intuía algo especial, algo parecido al amor, eso que él definía en sus noches de vino y literatura como «el hilo que conecta las almas sin elegirlo estas». Por cosas como esta a menudo pensaba qué proporción femenina habría en el conjunto de sus hormonas. Así, en sus primeras aventuras sexuales, no poder contestar a la llamada física de una mujer le había generado dudas y un sentimiento espantoso de fracaso, por lo que nunca se volvió a acostar con una mujer que acabara de conocer pese a sentir a veces algo parecido al deseo de hacerlo. La primera vez con Laura tampoco fue como él hubiera deseado, pero fue únicamente porque sentía que se lo jugaba todo.

Desde la mayoría de edad hasta los treinta y uno tuvo varias relaciones estables. Ellas estaban encantadas de estar con un hombre bueno, brillante y con ese grado de sensibilidad, pero él acababa siempre enamorándose de otra y dejando a la anterior. Eso sí, nunca fue infiel a ninguna de ellas. Él prefería pensar que por ser un hombre íntegro, aunque también cabía la posibilidad de que fuera por el miedo a pegar un gatillazo. Pero cuando conoció a su actual esposa todo esto se vino abajo. Él, que componía canciones y escribía poemas –con bastante sentido del arte según la opinión de los amigos entendidos y de los que le encargaban algunas letras de canciones, previo pago, eso sí– alcanzó su apogeo creativo cuando Laura entró en su vida. Lo que él pensaba que era amor había sido un juego de niños comparado con el sentimiento que afloraba cada vez que pensaba en ella. Las hormigas que recorrían su estómago en los principios de las anteriores relaciones se volvieron angustia y palpitaciones en esta. Estuvo realmente enfermo de amor, y se propuso sacar lo mejor de sí para conquistarla. Tenía que dar en la diana porque de otra forma sería capaz de acabar con su propia vida.

—Ni siquiera le voy a pedir paciencia. No estoy en disposición de pedir nada, creo. Mañana cuando la recoja en el aeropuerto no haré ni un solo comentario al respecto.

—Bien, Andrés, bien. Parece que estás centrado. Siempre te he tenido por un tío cabal. Es que me pongo en el lugar de ella y la situación es inaguantable…

—Es que es mi vida, no puedo soportar no ser el único.

—Pero bueno, joder, aquí estamos otra vez.

Andrés bajó la mirada. No se la pudo mantener a su amigo, que con decepción no disimulada se inclinó para recoger la tarjeta y preparar otro par de rayitas. Se lo había dicho todo el mundo: toda esa historia de infidelidad y desamor la había creado él dentro de su materia gris, la realidad no indicaba nada parecido. Laura había estado fuera de casa últimamente por motivos de trabajo, pero nada más. Estar lejos de él no implicaba en absoluto que ella disfrutara de esa distancia. *Amar no es poseer*, le dijo una vez con aquella ternura a la que Andrés siempre sucumbía y que ella sabía utilizar tan adecuadamente. Y pese a todo él encontraba nuevas diferencias, cosas que para él sí eran relevantes, tales como que cambiara de perfume, que permaneciera todo el tiempo pendiente del móvil, que comprara ropa interior nueva y sugerente... todo ello sumado a ese sexto sentido que le susurraba que algo más había, que estuviera alerta.

—Por cierto, me acercarás al aeropuerto dentro de un rato, ¿no? —dijo su amigo lamiendo los restos de cocaína de la tarjeta.

—Claro, hombre. No quiero que faltes por mi culpa a la boda de tu hermana. Aunque no debo conducir en este estado.

—No importa, pediremos un taxi. Pero amigo, —añadió el otro para concluir solemnemente mientras recogía los escasos restos de la juerga— nada es eterno. Y mucho menos si no lo sabes cuidar.

—Lo sé, lo sé. Pero no guardes eso, por favor, que hoy es hoy. Y convéncete de que a partir de mañana mi vida va a cambiar. Lo intuyo.

No iba a esperar tanto. Él lo ignoraba, pero antes de tres horas todo cambiaría.

CAPÍTULO DOS

TRES DÍAS ANTES
DE LA CAÍDA

EL ROMPECABEZAS

Siempre imaginó que algo bueno había en él. Sin embargo no pudo evitar que le sonara extraño escuchar a su jefe decir que no liquidaran al grandísimo hijo de puta que les había vacilado con la última partida. El pobre infeliz habría pensado que nadie vería que tenían gran parte de las piezas internas castigadas por el uso. En verdad eran vehículos de segunda mano, pero por sus matrículas deberían haber tenido unos componentes en bastante mejor estado de como se los encontró el equipo de mecánicos tras un primer análisis. Buen negocio intentó hacer, entonces. Once todoterrenos de lujo, de una media de un año de antigüedad, que el bastardo había desmontado en gran parte pieza a pieza y sustituido por otras del rastro, o robadas, o algo así, con lo que podía perfectamente haberse montado varios vehículos más con los elementos que estaban en buen estado. Pero tenía mérito: debía ser casi con total seguridad el único individuo que se había atrevido a intentar estafarles en los últimos siete años.

—Cierra la puerta al salir, anda.

El Abuelo obedeció y se dispuso a llamar a la pareja encargada de «dar las explicaciones» que era como llamaban a los momentos en que atizaban con bates de béisbol a la gente que se lo merecía. Y así lo había ordenado el Cano. Esta vez no habría hoyos que cavar.

Mientras sacaba su móvil del bolsillo le vino el eco: «anda». ¿Cómo? Eso le hizo gracia. El jefe daba una orden y punto, no solía añadir nada más porque además no hacía falta, nadie osaba desobedecerle. Y ese «anda» casi sonaba a «por favor», y eso no era normal en absoluto. Pero no se recreó más en ello y continuó con el procedimiento.

—Pareja, el jefe dice que solo explicar, nada más.

—¿Cómo?

—Joder, tira a tomar por culo el móvil ese y cómprate otra cosa, que siempre estamos igual.

—No, si te he oído, pero… yo ya le había dicho a mi hermano que fuera a por la pala, que la dejamos en el otro coche a final de año y no voy a comprar otra. Además creo que está nueva, no sé si se ha llegado a utilizar.

—Pues que se ahorre el viaje, no va a ser necesario.

—¿Pero qué ha pasado? ¿No dijiste…?

—A nosotros eso no nos importa —interrumpió bruscamente el Abuelo—. Haced lo que os toca y se acabó.

Colgó el teléfono, lo dejó caer sobre la mesa de centro y se acercó al ventanal a intentar calmarse. Desde esa segunda planta el paisaje era para entretenerse, pero tenía otras cosas en mente. Suspiró y se sentó en el sofá junto a la ventana e intentó concentrarse en lo que estaba pasando.

Desde allí se oía la risa de Luis dentro del despacho. Daba la impresión de que estaba contento porque hablaba animadamente, como ajeno a lo sucedido. Raro. Los primeros años de conocerlo –hacía muchos ya– no sonreía nunca. Se podría decir que hasta hacía poco no le había visto hacerlo. Siempre había sido un hombre difícil de mirar, un animal que aguantaba la mirada y te intimidaba, te hacía sentir pequeño, débil. Siempre había sido un ser hermético y frío y por alguna razón ahora parecía más humano, parecía desprender calor. El caso es que acababan de estafar a su jefe por un valor superior al que mucha gente ganaba en media vida de trabajo y sin embargo este era capaz de reír y charlar por teléfono como si nada hubiera pasado. Muy raro.

El Abuelo se acercó a la puerta cerrada. Tenía que poner la oreja, tenía que saber qué se estaba tramando, porque ya eran varias las señales y su futuro y su seguridad podían verse amenazados. Por suerte días atrás le hicieron una limpieza de oído. Solía acumulársele mucha cera, le pasaba desde joven.

Con cuidado de no poner sus pies delante de la puerta para evitar que se adivinasen por debajo, se hizo a un lado y se inclinó juntando su oreja izquierda a la madera lacada, prestando toda su atención. Intentaba traducir en su mente el sonido apagado que le llegaba a través de aquel trozo de pino disecado, pero no lo conseguía. Apretó más fuertemente para comprobar si obtenía un mejor resultado y por un momento se le heló la sangre: fue cuando al jefe se le oyó interrumpir bruscamente su frase y pronunciar un claro «espera» bastante cortante. Gracias a dios continuó tras la breve pausa con un «*ya me acuerdo, fue un domingo*» haciendo que el corazón de Narciso, el Abuelo, volviera a latir; por un momento este había visto su propia esquela. Pasado el trago, siguió con su propósito y afinó el oído. Oyó unas palabras relacionadas con unos *preparativos* y también algo como *anticipar las soluciones*, después hubo un largo silencio. Lo poco que volvió a intervenir su jefe tampoco se escuchó con claridad, apenas entendió algo como que la gente tendría que adaptarse a los cambios. Cambios. Había que joderse, a quién le gustaban los cambios. A sus sesenta y tres años aquello no era justo.

Se separó de la puerta. Parecía que había colgado y no convenía estar ya tan cerca.

—Abuelo —gritó desde dentro.

—Enseguida —respondió este, con el corazón en un puño.

—Me voy a ir de viaje —dijo nada más entrar Narciso en el despacho.

—Bien. ¿Qué es necesario preparar?

—Nada. Voy solo. Y tardaré unos días en dar señales.

El Abuelo escuchaba con atención y perplejidad. Casi nunca viajaba, pero menos todavía sin él mismo o sin otro tipo de escolta especial. Intentaba entender qué estaba pasando.

—Estaré incomunicado —prosiguió Luis—, no te preocupes y quédate al cargo. No quiero que te muevas de aquí, no me falles. Supervisa personalmente las compras de material y vigila de cerca el Club y a los delegados. Hasta dentro de tres semanas no tendremos más importaciones. Así que no es tan complicado.

—No lo creo, pero si tengo alguna duda entiendo que no podré hablar contigo.

—No vas a dudar. Estás hecho una mierda pero eres listo. Confío en tu criterio. Ahora acércate a La Cueva y echa un ojo.

El Abuelo se despidió, atravesó la sala, bajó las primeras escaleras y se asomó a la puerta del departamento de administración, donde tres mujeres y un hombre se encargaban de papeleos y cuestiones fiscales. No había contable externo, lo llevaba aquel ser raro de cojones que venía por las tardes y que no se hablaba con nadie. Le miró el escote –sin deseo alguno– a la llamativa compañera de la puerta, empezó a descender hasta la planta baja y, tras saludar desganado a la recepcionista, salió hacia el aparcamiento. Un deportivo de presupuesto medio iluminó sus faros al pulsar su mando a distancia y Narciso se introdujo en él pensativo. No cuadraba del todo esto.

Repasó la conversación e intentó darle sentido. Un viaje en solitario, sin escolta, ya es raro de por sí, pero… le comunicaba que se iba para unos días pero le daba instrucciones como si fuera a tardar mucho más. ¿Qué viaje era ese, que podía prolongarse? ¿De placer? De negocios no lo creía, porque siempre que salía de negocios lo hacía con él. Bueno, en ocasiones lo hacía con él y con alguna profesional del sexo de gama alta, de esas que parecían directoras generales de alguna multinacional y que simplemente lo acompañaban para dar imagen en las reuniones y buenas felaciones fuera de ellas. Ya daría con la clave, pensó mientras ponía el vehículo en marcha y oteaba rutinariamente el entorno en busca de cualquier señor interesado en seguir sus pasos.

Aparcó en el parquin público, junto a La Cueva. Era un pequeño lugar, uno de los pocos propiedad de Luis Cano en cuyo interior no se comercializaba nada ilegal. Era un sitio donde se podía beber más que comer y en el que se dejaban caer cada semana los delegados, que eran los encargados de distribuir las cantidades medias, las onzas. El trapicheo se hacía en lugares más dispersos, lo hacían los «chanklis», que eran los vendedores al menudeo. Allí solo se acercaban los delegados a hacerle saber los lugares donde se podía recoger el dinero en efectivo de la venta de cada uno de ellos. El Abuelo guardaba la información y durante la semana iba ordenando recoger a otros colaboradores –los llamados «satélites»– el metálico de los puntos estratégicos, que iban cambiando cada poco tiempo. En algunas ocasiones esos jóvenes delincuentes debían llevar ese dinero al Centro, que era la base de la empresa en el polígono bajo el disfraz de compraventa de vehículos de ocasión de alta gama, y en otras debían llevarlo al Club, que era el burdel insignia, el mejor de los tres propiedad de Luis y cuyo escudo legal era el de un hotel restaurante. Dejarlo en un lugar u otro dependía de la decisión de Narciso.

—Hey, Abuelo, qué me dices —dijo un hombre con poco entusiasmo desde detrás de la barra.

—Nada, ponme lo de siempre y algo para picar.

—Coño, qué cara. Parece que te vayan a despedir.

El Abuelo lo miró con desprecio, era un gilipollas. Para la mayoría de los colaboradores de Luis, fuese cual fuese su importancia dentro de la organización, despido era en casi todos los casos cavar un hoyo. Y sin embargo solo recordaba que hubiera ocurrido una vez, tristemente para él. Bien mirado había algo de leyenda en eso de que Luis ordenaba liquidar a los poco válidos, pero no sería él quien la tumbara abajo, que así los tenía a todos más despiertos. Pero no, de cualquier manera no había hecho méritos para un despido. La preocupación de su rostro era como consecuencia de no saber descifrar qué coño estaba pasando.

Desbloqueó el móvil y llamó a quien podía darle una pista.

—Hey, qué hay. Bien por aquí. Sí. Oye, ¿tú me harías un favor? Sería desde ya y para un par de días. ¿Sí? Bueno, igual tienes algún otro trabajito encargado… ¿No? Qué bien, así tienes tiempo para dedicarme entonces… Una máquina. De acuerdo, te llamo esta tarde y te doy los detalles. Adiós.

La leche. Ahora sí que olía realmente mal. Esa llamada había sido una burda trampa, porque el Abuelo no tenía nada que encargar. Se trataba de confirmar una sospecha: el jefe no había hablado hacía un rato con quien solía hacerlo cuando necesitaba algún tipo de documentación falsa, destruir pruebas o preparar –o reparar– otros asuntos que se salieran de lo normal. No, ese encargo se había hecho a otra persona. Era eso o que la conversación la había escuchado o interpretado mal. Qué mala es la edad. ¿Estaría enfermo Luis? Podría ser. Había que llegar al fondo de esto fuese lo que fuese. No se iba a rendir. Por la seguridad de su jefe, al que tanta estima tenía y al que tanto debía, y por la suya propia

–por supuesto– tenía que averiguar qué significaba todo este asunto.

Ya que había que adaptarse a los cambios, por lo menos había que anticiparlos para intentar ponerse a salvo.

EL ABISMO

Tras introducir la tarjeta entró en su habitación, cerró la puerta con un estruendo atronador y se lanzó a la cama rompiendo a llorar con la amargura del vencido. Todo le estaba saliendo al revés. Seguramente su suerte debía haber cambiado de dueño inesperadamente, por cuenta propia y sin avisar.

Lo menos grave era que la exposición –de donde venía en ese preciso momento– estaba siendo un auténtico fracaso: pese a la buena promoción la afluencia el primer día estaba siendo muy escasa. Además, no apreciaba entusiasmo en los rostros de los visitantes, eran todos como jugadores de naipes de ultramar, eran bustos de cera, esbozando de vez en cuando alguna sonrisa falsa, eso era todo. Y no era una simple o equivocada percepción suya venida de su nueva, deprimente y patética situación personal-sexual-sentimental, sino una realidad constatable: no había vendido un solo cuadro en toda la mañana. Era su segunda muestra, y dado el tremendo éxito de la primera, cuya colección fue vendida de forma íntegra, esperaba mucho más de esta. Desde luego que era una auténtica decepción.

—Laura.

Los tres apagados golpes contra la puerta de la habitación y la suavidad de la voz en el pasillo pronunciando su nombre no evitaron que se sobresaltara. En parte por lo inesperado –estando como estaba sumida en sus pensamientos– y en parte por haber reconocido al hombre que le reclamaba.

Esa era la parte grave.

—Laura, ¿me oyes? —repitió algo más fuerte que antes.

Laura no quería ver a nadie. Solo quería desahogarse, llorar, pensar en todo menos en lo que había en una sala de exposiciones a tres calles del hotel y en quien esperaba detrás de la puerta. Ese ser que la buscaba, emocional y carnalmente, había vuelto del revés su estabilidad y amenazaba involuntariamente la continuidad de la vida de la que era dueña, por fin, estos últimos años. Ahora quería estar sola. No iba a abrir la puerta, ni siquiera a responder. Quería pensar en su marido, preocupado, esperándola, ansioso por verla. Quería recrearse en el éxito de hacía unos meses, pintora en auge, amada y amante esposa, triunfadora en lo físico, en lo emocional, en lo intelectual y en lo profesional. Había llegado a rozar el éxtasis personal. El ego saciado. La cuenta rebosante. Si lo miraba fríamente, nada debía hacerle desear abrir la puerta a aquel hombre. Pero en el historial de miradas de Laura no destacaban los tonos fríos, casi todos eran cálidos, algunos mucho más que calientes.

Su madre sí había sido una mujer fría, casi insensible. Hasta el momento en que murió, dejándola a ella sola con apenas once años, jamás la vio sonreír. Su padre, creía recordar, había sido al principio muy tierno con ella, su esposa, pero con el tiempo le fue hablando cada vez con menos educación, reprochándole, delante de ella misma –tan pequeña– su pasividad en los menesteres nocturnos, sobre todo cuando volvía a casa después de largos períodos de tiempo trabajando fuera. Finalmente, poco antes de morir la enigmática mujer de la enfermedad innombrable, el marido ya ni le hablaba. Y por si esto fuera poco, la falta de respeto hacia su esposa lo hacía capaz de llegar a casa por las noches despeinado, con olor a perfumes desconocidos y en alguna que otra ocasión con prendas de vestir puestas del revés. Todo aquello había pasado casi desapercibido para Laura en su momento, pero cuando a la edad de diecisiete años, en una de sus visitas al geriátrico, la hermana de aquel le escupió de forma cruel que jamás sabría quién era su verdadero padre, los recuerdos se fueron amontonando de repente y la sospecha se instaló en su corazón. Porque aquello explicaría muchas cosas, como el hecho de que aquel hombre desapareciera de su vida –ya viudo, eso sí– y se fuera con otra mujer. Pero nunca tuvo una certeza absoluta porque, tras aquel instante de espontánea lucidez, su tía no le supo dar más detalles dado el trastorno neurológico que padecía (como sufrió su propia madre, la abuela paterna de Laura), de modo que la mujer se llevó esa parte del pasado a la tumba. Años más tarde, mucho antes de conocer a su actual marido, Laura pensaba en todo esto y se preguntaba si su debilidad no venía derivada de aquellas delicadas circunstancias.

—¡Laura! Abre, por dios.

Delicada había sido el nombre de uno de los cuadros que había vendido en la anterior muestra, uno de los que más llamó la atención. En él representó la media silueta de una mujer ni acostada ni sentada, como incorporándose. Era una pintura en la que no había nada definido, ni siquiera se podía decidir si era triste o alegre, oscura o luminosa, cálida o fría. Pero era esa tierra de nada lo que hacía especial la obra, esa indefinición medida que forzaba a la gente a permanecer en pie, enfrente del óleo, e intentar resolver el bello jeroglífico. Aquella exposición se organizó en la parte alta de la ciudad –situada al suroeste del país, a cientos de kilómetros de su hogar–, y el público de la zona era culto y sensible, cosa que Laura había apreciado enormemente. Sin embargo allí, en la parte opuesta de la misma ciudad, en el otro gran núcleo de negocios y actividad social, no había por lo visto nadie que tuviera ni la más mínima capacidad de percepción del excepcional arte pictórico que ella había creado desde lo más profundo de su alma.

En ellos pensaba, en esa gente inculta y superficial con la que tenía que compartir su obra durante un par de días más, cuando le volvió a sobresaltar el sonido de aviso de un nuevo mensaje en su teléfono.

«Te echo de menos. ¿Qué haces?»

«Yo a ti también, mi amor. Estaba pensando en ti» –respondía Laura por mensajería instantánea al mismo tiempo que ponía en silencio el móvil.

«¿Te puedo llamar?»

«No, por favor, estoy reunida. Después te llamo yo. Te quiero.»

«Y yo.»

No hubo más llamadas ni golpes a la puerta. Sea como fuere, el hombre del pasillo habría entendido que no había nadie y optado por renunciar.

Se levantó de la cama con cuidado, entró en el baño cerrando la puerta lo más suavemente posible y se desnudó sin perder la vista del espejo, lentamente. Mirando pero sin analizar, que no era su cuerpo el que necesitaba análisis; era su mente a la que urgía una revisión, un diagnóstico que le hiciera saber cuál era el tratamiento adecuado. Tres meses antes era la mujer perfecta, para ella misma y para el resto de su entorno. Desde entonces hasta hoy, pero especialmente este día, era un ser confuso y a la deriva.

—Laura, sé perfectamente que estás ahí.

Dios.

Abrió la puerta del baño. Anduvo unos cuantos pasos, lentamente, casi meditando todos y cada uno de ellos, hasta ponerse delante de la entrada. Se inclinó muy levemente alargando su mano hasta el pomo de la puerta. Desnuda. Como había estado la noche anterior y tal y como había empezado todo: de pie, enfrente de aquel hombre, pero sin un rectángulo de conglomerado que los separara. Así, en puros cueros, uno y otro, acercando sus labios lentamente, respirando nerviosa y excitada como antaño. Sintiendo cómo él acariciaba su espalda con la punta de sus dedos. Ella buscando la suya con la palma de sus manos. Fusionando ambos el calor y la lujuria, el alcohol, la nicotina, el pasado, el presente y el futuro resquebrajado. Ahora estaba cerca de volver a caer en sus brazos. Porque toda ella lo deseaba.

—Laura, déjame entrar. Ya. Solo quiero que me escuches.

Un segundo antes de oír aquello su mano estaba rozando la manivela de la puerta. Ahora, tras escuchar decepcionada aquel monosílabo imperativo, se había parado. Respiró profundamente, bajó la cabeza, pensó brevemente y dijo en tono firme:

—No, disculpa. No voy a abrirte. Creo que esta mañana te he hecho saber con claridad qué es lo que quiero y necesito.

Esa mañana Laura le dijo que no volvieran a verse o llamarse, carcomida por la sensación de haberle fallado a su amor, ese ser divino que últimamente le agobiaba con sus llamadas y mensajes. Muchos de ellos llevaban el sello del reproche, víctima como era de la mortífera enfermedad de los celos. Bien es cierto que desde que volvió a reencontrarse de forma casual con aquel prodigio de la naturaleza –el que esperaba tras la puerta– hacía ya tres meses, su instinto nocivo despertó de su letargo e hizo que su mente estuviera a menudo distraída con aquello. Por supuesto su marido lo notó. No podía reprocharle que tuviera la sospecha de que ya no era la misma.

—Sabes que soy yo, Laura, lo que deseas.

No respondió, porque era cierto. Nada había que objetar. Pero el hombre detrás de la puerta acababa de cometer otro tremendo error. Y es que Laura era una mujer salvaje, un espíritu libre, y él estaba intentando pensar por ella. Y no era nadie para decirle a ella cuáles eran sus deseos o sus necesidades. Laura tenía vivido más de un tercio de siglo –tres años más– y sabía pensar y decidir por sí misma desde hacía mucho tiempo.

—Cariño, abre la puerta, hablemos.

—Por favor, vete. —El tono de Laura empezaba a sonar un poco más firme, aunque él no parecía captarlo—. Fue un arrebato, lo siento. Y sí, después de tantos años sigues siendo un buen amante, puedo decirlo. Pero no debió pasar. Me equivoqué.

—No necesito que digas cómo me he portado en la cama. Solo te necesito a ti. Y sé que tú me deseas tanto como yo a ti.

—Te deseo todavía, es cierto —reconoció a disgusto, e hizo otra pausa—. Pero escúchate, por favor. No hablas nada más que de deseo o necesidad, y esos precisamente han sido mis demonios durante muchos años. Ahora mi vida es algo más. Es amor, es estabilidad. Son cosas mucho más complejas, más difíciles de conseguir, pero más placenteras que la carne. —Tragó saliva mientras apartaba su pensamiento de escenas de la noche anterior e intentaba que su voz sonara solemne—. Me has hecho gozar, sí, y mucho, y por ello te recordaré como aquel que tiempo después volvió a darme una de las mejores noches de sexo de mi vida. Pero mi tren había tomado la vía perfecta y tú ahora estás haciendo que esté muy cerca de descarrilar. Así que aléjate de esta puerta y no vuelvas a verme.

—Laura…

—Ya me has oído.

—Joder, por dios, qué teatral —protestó sin energía el otro— No me hables así, Laura, que sé que no estás dispuesta a decirme adiós.

—¡Cállate! —bramó repentinamente, desnuda, golpeando con sus puños cerrados la puerta en una explosión brutal de rabia—. ¡Lárgate! ¡Desaparece! —La cólera brotaba de su cuerpo de una forma desconocida para ella misma—. ¡Fuera! ¡Fuera! ¡Fuera!

Hubo un silencio intenso. Como si otros huéspedes, en sus habitaciones, le hubieran dado el alto a sus charlas banales para afinar el oído y localizar el foco del conflicto. Incluso alguien cercano bajó el volumen de un televisor. Por un momento Laura dudó de si aquel hombre seguía al otro lado de la puerta.

—Adiós —dijo una garganta débil, apagada. La voz de la decepción.

Ella no respondió. Tras aquella efervescencia, tras ese festival de adrenalina, sonrió con ironía pensando que después de tantas despedidas con personas del sexo opuesto, esta había sido la primera desde detrás de una puerta cerrada.

Se acostó en la cama, todavía desnuda, boca abajo, buscando en su móvil la conversación interrumpida un rato antes con su amor verdadero. Sí, ese al que –lo acababa de decidir– iba a darle una sorpresa regresando un día antes de lo esperado para explicarle que no tenía nada que temer, que su matrimonio era tan sólido como los primeros tiempos y que su amor por él era tan profundo como indestructible.

Sonrió otra vez. Estaba a menos de tres días de caer de nuevo en sus brazos.

CAPÍTULO TRES

TRES MESES ANTES
DE LA CAÍDA

EL JURAMENTO

De pronto el dolor de cabeza se había hecho insoportable. La sujetó con sus manos, con los brazos apoyados sobre la mesa de su despacho. Casi sintió que se le nublaba la vista. Que la luz del sol se retiraba. Antes de sentarse a escuchar el parte el reloj marcaba más de las siete. Ahora el Abuelo seguía hablando, pero Luis no solo había entornado los ojos; el sentido auditivo se le había atrofiado por momentos, como si sus párpados y sus oídos se hubieran cerrado al unísono. Su cerebro, en cambio, había empezado a carburar a todo tren. Y es que no podía creer lo que acababa de oír, segundos antes, de boca de su hombre de confianza. Cómo había podido suceder. Los planes se habían torcido, no se había desarrollado nada como él había planeado, pero aún así se sentía responsable pese a que cualquier individuo –de su calaña o no– hubiese culpado directamente al autor material o, siendo muy autocrítico, a la mala suerte o a las circunstancias. Era terrible.

—Cano, ¿estás escuchándome? ¿Te encuentras bien? —preguntó preocupado el Abuelo.

—Sí… —acertó a gruñir levemente Luis mientras estiraba su brazo hacia el cajón inferior de su escritorio— pero necesito un analgésico. Acércame la botella de agua.

—Enseguida.

Mientras ayudaba al remedio para su repentina jaqueca a deslizarse por su esófago hacia abajo, el Abuelo permaneció callado mirando hacia el suelo.

—¿Pero qué coño hacía conduciendo el sobrino, joder? —preguntó, conociendo la respuesta, simplemente sacando fuera el poco genio que le permitía el dolor.

—Cano, ya le he dicho a ese inútil que invite al muchacho a salir de la ciudad durante una temporada. Es más, le he dicho que otra cagada de ese tipo y va a tener problemas de los serios. Si necesita ayuda, que la pida y ya nos organizaremos. Pero que no traiga aficionados. Y gracias que no nos van a vincular a nosotros. O eso creo.

—Dios.

Su mente confusa viajó al pasado, ese que convertía el futuro en imperfecto. Voló. Se fue a visitar a esa dama etérea a la que quería con todas sus fuerzas y a la que nunca volvería a ver. A la que hubiera sido madre de sus hijos, a la que habría querido y respetado toda la vida. Esos hijos que jamás tendría. Una mujer que hoy, si estuviera allí mismo, le abrazaría y le tranquilizaría con palabras de amor y de aliento. Pero aquello no le servía de nada ahora, así que hizo aterrizar sus sueños y volvió a cobijar la cabeza entre sus manos.

Pero el mundo real le resultaba demasiado doloroso. Así que de nuevo dejó caer sus párpados y otra vez fue desapareciendo de la habitación, poco a poco, levitando, hasta irse al lugar donde unas horas antes había visto un milagro en directo, hasta llegar al momento del origen de la vida, de la Creación. Porque para ese ser que vio la luz en aquel preciso instante el universo empezó allí, a esa hora, en ese lugar: las cinco de la madrugada en un ascensor averiado del hotel más emblemático de ciudad, junto a su parturienta madre y un señor con toda la pinta de –por el diámetro de sus pupilas– haber dormido poco y estar de vuelta de todo. Ese hombre era él, Luis Cano, que venía de fornicar toda la noche con la mujer de un exsocio, amiga del peligro y de las sustancias prohibidas que él vendía. En el ascensor interior que le debía haber llevado en unos segundos al vestíbulo se encontró por accidente con otra mujer que acabó también mostrándole sus partes más íntimas; pero no para dejar entrar un miembro viril ajeno, como la viciosa de la noche anterior, sino para permitir salir una parte propia de su ser: otro ser, menudo, vestido de una mezcla de sangre y líquidos viscosos, escandaloso nada más ver la luz, pero hermoso. Muy hermoso. Luis había quedado rendido al espectáculo de la vida, arrodillado en el sucio suelo del ascensor, llorando como un niño, como el niño, como la madre, como él mismo. Habitualmente cercado por la maldad y la impureza humanas, sintió allí, de una forma casi espiritual, que el reducido espacio que los albergaba estaba repleto de vida pura. Vida. Ese momento había sido el más especial de la suya. Y ahora esto. Muerte. Y de un niño.

Todo había empezado hacía unas semanas, cuando los colaboradores de Luis detectaron que había un nuevo germen de banda mafiosa en la ciudad y que estaban planeando el atraco a un banco del casco antiguo. Luis, en un acto de interesada responsabilidad, decidió poner a algunos de sus hombres sobre el asunto para descubrir el *modus operandi* que utilizarían en el golpe. Parecían profesionales, y con total seguridad harían varios simulacros para ver qué itinerario les permitía huir más rápidamente. En cuanto repitieran un itinerario tres veces, ese iba a ser el camino. La idea era apostar en él varios grupos escalonados para interceptar el vehículo y requisarles el botín. Y como casi siempre que se desconocía la virulencia de otro grupo rival el destino de los supervivientes se decidiría sobre la marcha. Pero luego intervienen los imponderables. Esas circunstancias que llegan sin avisar y que son imposibles de prever. La sesión de seguimiento de ese día empezó de una forma distinta a la habitual, con el vigilante de apoyo en coma etílico –llevaba once años sin probar el alcohol, tras un largo tratamiento– y con el vigilante titular llamando al delincuente de poca monta de su sobrino para sustituir al anterior. Se complicó más el asunto al agravársele lo que en la víspera parecía un picor inofensivo en los ojos. Tras haber estado quemando rastrojos y luego bañarse en su piscina particular, el sueño no reparó el daño. Esa mañana había amanecido con la visión borrosa por el incómodo velo de una conjuntivitis, y de esta forma el más indicado para conducir era, evidentemente, el sobrino. Pero este no tenía soltura en el discreto arte del seguimiento a vehículos y, sin saberlo ellos, los perseguidos captaron el coche perseguidor y estuvieron atentos. Cuando los profesionales pudieron darle esquinazo a la extraña pareja, el veterano aprovechó la situación para hacer parar al novato en una farmacia mientras le daba un enérgico rapapolvo. Afortunadamente para Luis y los suyos, el tío estaba dentro del establecimiento cuando los otros pararon en doble fila bruscamente detrás del coche. El sobrino, que vio bajarse a tres de ellos e ir hacia él con aparentes ánimos de pedir explicaciones, arrancó enloquecido casi llevándose por delante a una anciana que comenzaba a cruzar la calle. No lo hizo, por fortuna para ella. Pero no tuvo la misma suerte el niño de siete años que, en la tercera esquina tras la salida, cruzó sin saber que el utilitario negro que huía del todoterreno de última generación iba conducido por un chaval asustado e inexperto que temía por su vida. El golpe podría haber sido evitable. Pero para ello tendrían que no haberse producido todas las anteriores circunstancias.

Y ahora el dolor invadía el cuerpo y el estado de ánimo. No conocía a ese niño, desde luego, pero sintió su muerte como si fuera parte de su vida. Quién sabe, pensó, quizá las vidas de los seres humanos están interconectadas. Y el plan del universo hoy parecía más sádico que nunca: empezó el día respirando vida y medio día después la muerte lo cubría todo. Pensó en la familia del niño, en su padre, o en su madre, si es que estaban en este mundo. Debía ser el dolor más intenso e inhumano ver morir a un propio hijo. Un niño de siete años, por dios. Qué sentiría él por un hijo. Cuándo poder hacer una vida en la que el mal no engullera todos y cada uno de los días que les tocaba vivir. Nunca.

El camino en el que se encontraba era una gigantesca espiral infinita, tanto hacia delante como hacia atrás. Ya no había oportunidad de vivir normalmente, porque en cuanto no estuviera en la actual posición de poder, en cuanto no tuviera la protección de la que disponía ahora, alguien querría llegar hasta él para ajustar cuentas pasadas.

—Cano, parece que no me escuchas… ¿lo dejamos para mañana? —dijo el pobre hombre en tono paternal pero algo asustado.

—Sí, déjame solo.

—Como quieras. Esperaré abajo. —El Abuelo era su hombre de confianza y casi su guardaespaldas personal. Siempre lo acompañaba a su casa, donde lo dejaba ya a solas al cuidado de la vigilancia privada.

—Tardaré un poco.

—No importa, tranquilo. Lo que haga falta.

En cuanto se cerró la puerta, y por segunda vez en el día, Luis rompió a llorar como un chiquillo. Con las manos cubriéndose el rostro dejó salir todo el dolor, dejó que el amargo desconsuelo se desahogara con él, juntos así, ambos, hundidos. Se imaginaba de nuevo a los padres, destrozados, mientras velaban a su amado hijo, tan pequeño, tan ausente, tan muerto. El destino es sabido que es cruel, pero no debería serlo con criaturas inocentes; debería ser un ente justiciero, un karma real, un árbitro perfecto. Los débiles deberían saltar con red, tener segundas oportunidades, vidas extra. Se sorprendió al oír sus propios pensamientos, porque nunca le gustaron los débiles, nunca tuvo clemencia con ellos. Este día iba a suponer un antes y un después en su vida.

Ya buscaría la manera, ya encontraría el camino. Pero su vida tendría otro destino.

Se lo juró a sí mismo.

EL TOBOGÁN

Una escalera infinita. Tonos azules, aunque predominaban los grises. Unas nubes con formas espumosas, como olas marinas, y unas extrañas aves con forma de masa encefálica. Era innegable que el primer impacto había sido agradable, pero tras analizar todo el contenido parte a parte Laura decidió que ese tampoco era uno de los peores óleos de la colección, por la que había recorrido tantos kilómetros. La autora era la pintora de moda, la más reconocida en revistas y ámbitos pictóricos de todo el suroeste del país. No la envidiaba en nada, porque no era persona dada a ello, pero tras ver la muestra completa decidió que no podría hacerlo ni siendo la reina universal de la envidia.

La ubicación de la muestra, junto al teatro más importante de aquella ciudad, era perfecta. Era una zona de tradición artística, con numerosos teatros y museos en muchas manzanas a la redonda. Tras despedirse educadamente del conserje de la sala, que le había dado exquisitamente las indicaciones que ella le había solicitado nada más llegar, accedió a la calle buscando con la mirada un lugar con buena pinta donde tomarse un café y relajarse un rato. Mientras avanzaba por la amplia acera empezó a marcar el número de Andrés.

—Hola, cariño. Qué haces.

—Ay, amor, acabo de salir de ver la exposición y voy a tomarme un cafetito, ¿te vienes?

—Venga, espérame que cojo el avión y voy. Total solo son un par de horas. En serio, qué tal, ¿te ha gustado?

—Pues no mucho, la verdad, quizá por esperar mucho de ella. Es que no veo coherencia en la obra, Andrés, creo que es más una buena promoción que otra cosa. Pienso que hay cosas absurdas en determinados cuadros. En fin, menos mal que no pienso en voz alta.

—Cariño, como eres una recién llegada al mundo del arte pictórico quien te escuche podría pensar que aún no tienes un criterio sólido, pero... ya sabes lo que pienso. Además, como artista eres una excepción. Así me lo ha dicho esta mañana, textualmente, un entendido que haré que conozcas en breve. Dice que todo lo que pintas está interconectado, que todo tiene un sentido. Pero volviendo a lo anterior; si hablamos de otros, también lo hemos comentado alguna vez: no hay dios que entienda la mayoría de las obras. Se pueden interpretar de cualquier forma, y después los autores o los expertos te miran como a un inculto si no valoras uno de esos revoltijos. Además, qué te estoy contando, si todo esto ya lo sabes.

—Eres un encanto.

—Te echo de menos, y llevas fuera apenas un día. No estoy acostumbrado a tu ausencia. Necesito abrazarte.

—Lo que yo te diga. Eres un amor. Mañana nos veremos, va a ser una noche más y volvemos a estar juntos. A ver si la exposición de mañana me deja mejor sabor de boca. Bueno, te dejo, que ya he avistado un sitio donde hacer una parada. Tomaré un cortado, haré algo de tiempo y me iré a comer. Un beso, cariño.

—Adiós.

Entró en un café bastante acogedor, un lugar desconocido completamente para ella pese a no ser la primera vez que visitaba la ciudad. Mucho antes de conocer a su marido intentó ser una estudiante universitaria, sin éxito. Ahora estaba sentada en una cómoda silla en la mesa más arrinconada de la sala, junto a la ventana con vistas al teatro, en una cafetería que no existía en aquella época y en la que, parándose a pensar, se encontraba realmente a gusto. Solo faltaba Andrés. El pobre tenía que estar extrañándola tanto como ella a él. Desde que se casaran hacía casi tres años no se habían separado ni un solo día. Pese a que anteriormente viajaba con relativa frecuencia, hacía cerca de año y medio que Andrés celebraba todas las reuniones por videoconferencia con sus jefes de equipo; los viajes se acabaron. Su prioridad era estar con ella, y a Laura le encantaba. Estaba muy enamorada de él, como jamás lo había estado de nadie. Andrés Abad era el centro de su vida ahora.

—¿Qué desea, señorita?

La voz le resultó tan familiar que giró bruscamente la cabeza, abandonando la vista de la calle transitada para ver el rostro de quien acababa de hablarle.

—¿Eres…?

—¿Tú eres Laura? —dijo él con voz emocionada.

—Dios mío, eres tú, cuánto tiempo —los ojos de Laura se llenaron de un brillo nostálgico.

—Qué es de tu vida, cuéntame —dijo el hombre casi haciendo el gesto de sentarse con ella antes de mirar hacia la barra y recordar que su jefe era bastante poco permisivo con ciertas cosas…—. Perdona, la verdad es que hay mucho trabajo. ¿Nos vemos más tarde? Salgo a las cinco, te invitaré a un café en un sitio menos serio.

—Claro, claro, comeré cerca y te esperaré fuera sobre esa hora.

—Hecho.

Laura observó con inmensa alegría cómo su antiguo compañero de universidad se manejaba entre las mesas con un desparpajo que hacía las delicias de las mujeres de avanzada edad que ocupaban una parte del local. Siempre le encantó ese chico.

Mientras degustaba un delicioso cortado estuvo recordando pasajes de su vida con él, algunos de ellos magníficos. Había sido un muchacho sencillo y divertido con el que había vivido momentos inolvidables en la cama y fuera de ella. Fue él quien le hizo descubrir amor (o algo parecido) y sexo en el mismo cuerpo. Habían coincidido cuando ambos estudiaban arquitectura, carrera que por distintas razones ninguno de ellos terminó. Aunque fue más bien la química lo que les unió hasta que ella se encaprichó del joven profesor de urbanismo. Su despechado amigo ni lo supo aceptar ni pudo superarlo: dejó repentinamente sus estudios y no volvió a aparecer por la facultad. Laura nunca volvió a saber de él. Y ahora, después de tantos años, se habían reencontrado. Cosas de la vida.

Sin embargo analizó la situación fríamente y comenzó a sentirse un poco incómoda. Había quedado a tomar un café en una ciudad a cientos de kilómetros de su casa y de su marido con un hombre que en otros tiempos la hizo gozar hasta el punto de rozar la locura. Alto voltaje. El peligro era evidente y lo sabía. Pero tampoco era justo que no pudiera compartir un rato con uno de los hombres más importantes que había habido en su vida, así que lo haría y punto. Siempre había hecho lo que había querido y hoy no iba a ser menos, porque además no pretendía hacer nada que pudiera hacerle daño a Andrés. Ni pensarlo. Jamás.

Pero tan cierto como que el mundo gira es que la vida puede ser una ruleta caprichosa, y unas horas más tarde de aquel *no pensamiento* la única y triste sensación era que después de todo la idea había sido una locura. Caminaba por el pasillo a toda velocidad, confusa, con las lágrimas brotando de sus ojos como a borbotones. Unos segundos antes de cerrar de un portazo él respiraba acelerado, sentado en la cama de la habitación del hotel, bestialmente excitado, descamisado, mirando incrédulo cómo Laura se recomponía la ropa y el pelo y desaparecía detrás de la puerta. En recepción nadie se percató de una mujer hermosa que volaba sobre sus pasos con la cabeza baja en dirección a la calle.

Su pena no era por haber fallado a Andrés, que hasta cierto punto no lo había hecho, sino por descubrir que no era tan fuerte como pensaba, que su estabilidad podría ser ficticia, que la Laura de hacía unos años podía volver y quién sabe si quedarse. Ella no quería a la otra Laura. Quería la vida con Andrés, la armonía y el sosiego que él le proporcionaba y del que ella disfrutaba tanto. Era eso, no el reciente contacto ligero de su cuerpo con el de su antiguo amante lo que le preocupaba. No, eso no había sido una infidelidad, no se había consumado nada ni había habido contacto sexual de ningún tipo. Sí hubo deseo, sí hubo besos húmedos, pudo pasar cualquier cosa; pero no pasó. Y había descubierto algo nuevo: que los viejos recuerdos no debían ser desenterrados, que no debía acercarse a aquel hombre nunca más y que Andrés no merecía sufrir por saber nada de este ataque de lujuria.

CAPÍTULO CUATRO

TRES AÑOS ANTES
DE LA CAÍDA

EL AVERNO

Luis

El Cano aparcó en su lugar reservado y mientras descendía del vehículo observó que casi todas las plazas estaban ocupadas. Hoy sería un buen día. Aunque visto de una forma menos optimista era más de medianoche de un jueves y la mayoría de los hombres de bien a esas horas no debían estar allí; así que solo quedaba la chusma. No eran los mejores clientes pero también se dejaban algo de dinero.

Encendió un cigarrillo apoyado en la aleta delantera izquierda antes de entrar al burdel. Se fijó mejor en los vehículos aparcados, eran la mayoría de alta gama. Claro. Lo había olvidado, había una fiesta privada. En la ciudad se celebraban unas jornadas internacionales sobre bienestar animal, y tras la cena en el recientemente galardonado como mejor hotel de la región se tenía previsto acabar desfasando en el antro propiedad de una de las empresas de Luis Cano. Chusma igual, así era esta gente. Dudaba mucho de que a la mayoría de ellos les importara un bledo el bienestar de los animales.

Si no se tradujese en números bancarios casi ninguno de los allí presentes movería un dedo por proteger a esos bichos.

Apagó el cigarro de un rabioso pisotón y comprobó que en la mensajería instantánea de su móvil no había ningún aviso importante. Envió él uno diciendo a algunos clientes y colaboradores especiales que estaría inactivo y que para asuntos importantes contactaran con el Abuelo. Él se iba a tomar la noche libre. Con la ayuda de su viejo amigo de la infancia había conseguido esa misma tarde que una pareja de forasteros del centro del continente le quitaran una espinita que se le clavó una vez en su juventud, y había decidido que ese enorme alivio merecía una pequeña fiesta. Pero antes de salir necesitaba organizar con algunos de los suyos la seguridad de su propia celebración, por lo que se dispuso a subir los escalones que desembocaban en la entrada del club de alterne y ordenar al Abuelo que lo coordinara todo. Aquel era su antro preferido, la niña de sus ojos, el mejor de todos sus negocios. Porque la coca daba más dinero, pero la prostitución era mucho más divertida.

—Buenas, señor —dijo el joven gorila al verle.

—¿Y tu compañero? —preguntó Luis inquisidor.

—Ha ido al baño —contestó el chaval con un temblor algo perceptible en su voz—. Acaba de irse —añadió. Sabía perfectamente que las reglas decían que en la puerta debía haber un par de vigilantes, solo podía quedar uno por necesidades imperiosas.

—¿Ha venido ya el Abuelo?

—No, todavía no.

—Que me llame cuando llegue.

—Así se lo diré.

Toda conversación mantenida con el Cano tenía su punto de tensión. Su mal genio y sus inmediatas represalias cuando algo no salía como él quería eran conocidos por todos y sufridos por unos cuantos. Era una mezcla poco común de admiración real, temor y respeto. Pero era así como se había convertido en el jefe del único clan mafioso que había en toda la metrópolis. Excepcional negociador, no le importaba si los mandatarios políticos eran de un color o de otro, si iban o venían. Tanto los gobernantes como la policía le dejaban relativamente tranquilo, porque tenían claro –así se lo había vendido muy eficientemente Luis– que lado oscuro siempre iba a haber, y si ese lado lo manejaba solo uno habría menos daños colaterales para los ciudadanos que si varias bandas rivales se disputaran el poder. Menos trabajo para la policía y menos problemas para los políticos. Además, sus negocios no incluían impuestos revolucionarios a comerciantes ni nada que perjudicase a la gente de bien que decidía permanecer al margen de los problemas. Tampoco obligaba a las chicas a alquilar sus cuerpos; solían ser jóvenes que perdieron el rumbo y extranjeras que quedaban «libres» –y querían mantener su nivel de vida– cuando la policía desarticulaba en cualquier otra parte del país alguna banda vinculada a la prostitución. Cualquier puta que trabajara en sus negocios podía abandonar la empresa cuando quisiera, no le preocupaba. Por unas u otras razones, siempre había mujeres dispuestas a alquilarse a cambio de dinero.

—Hola, señor Cano, ¿qué va a ser? —dijo la camarera de la barra que ocupaba parte del lateral izquierdo del local, la más apartada y más discreta si se quería pasar especialmente desapercibido.

—Destilado de las islas.

—¿Se lo llevo al despacho? —dijo la mujer, dándolo por hecho.

—No, no, me lo tomaré aquí en el rincón.

Se acomodó repasando con la mirada la sala y comprobando que excepto unos pocos clientes habituales la mayoría eran parte de la absurda convención.

—Qué hay, Cano —saludó el Abuelo, recién llegado.

—Pues nada, que mejoramos la vida de los animales pero a los humanos del Tercer Mundo que les den por el culo.

El Abuelo no contestó. Luis supuso que prefería no opinar, en la línea de discreción que le caracterizaba.

—Quiero que estés atento esta noche —volvió a hablar Luis—. Yo desconecto.

—¿Cuánta compañía necesitas? —preguntó el Abuelo.

—Con un par es suficiente.

Aquella compañía no era otra cosa que la escolta. Cuando Luis salía a divertirse solía ir protegido, no porque hubiera otros clanes en la ciudad, sino porque el mundo estaba lleno de peligros y todo hombre tiene algún enemigo que ni imagina.

El abuelo se le acercó para que solo él pudiera oírle.

—Cuidado hoy, Cano. Esta tarde han asesinado al antiguo dueño del grupo de empresas recreativas de la costa. Puede que la cosa esté removida. ¿Llamamos al inspector?

—No, no. No es necesario colaborar tanto, es un hecho aislado. Si quiere llamar él, que llame. Y repito: no estoy hasta mañana. —Y comenzó cabizbajo a andar hacia la salida.

Andaba por el aparcamiento cuando decidió apartar de su mente aquel asunto, prefirió pensar en el hombre al que el Abuelo había propuesto llamar para ponerle al tanto. Y mientras su mente se colocaba en posición de viajar al pasado cayó en la cuenta de que nadie de la organización llamaba al jefe de la policía por su nombre. Solo era el inspector.

Luis y él se conocieron muchos años atrás, cuando este se acercó a pedir un presupuesto para cambiar el tapizado del coche de su novia. Congeniaron de inmediato, y desde entonces se veían regularmente los viernes jugando a las cartas en un antro del centro. Algunos sábados quedaban juntos para tomar unas copas. Se llevaban bien, es cierto, pero tampoco se podría decir que fueran íntimos. Solo intimaron –o compartieron intimidades– una vez en una fiesta sexual que organizó en su mansión el antiguo director de una revista bastante conocida en la región. Esa noche fue cuando Luis encontró el ser más extraordinario que hubiera podido jamás imaginar, un mirlo blanco.

Asistieron su amigo y él juntos al evento protegidos por unas pequeñas máscaras que velaban parte de sus rasgos. Luis prefería la discreción, y el otro no desempeñaba todavía el cargo de inspector jefe pero prefería que no le reconocieran. Parte de los asistentes usaban también algún tipo de máscara o antifaz, otros iban al descubierto. Y dentro de este último grupo destacaba, entre todas las mujeres, una que le encandiló, le superó, le venció por completo. Tanto en el plano carnal como en el espiritual, ya que tras compartir ella su perfecta anatomía con los dos amigos y acabar casi con toda la energía de sus cuerpos atléticos haciendo gozar sabiamente a ambos a la vez, el más poderoso y a la vez sensible de los agotados amantes sintió que aquella divinidad debía ser únicamente para él. Cuando ella desapareció discretamente para recomponer su aseo personal él quiso seguir su rastro y la buscó por todo el recinto, pero tal vez se fue o tal vez se colocó alguna máscara y ya no la reconoció. Nunca más volvió a verla. Durante años fue su más secreta obsesión, hasta el punto que no la llegó a compartir (qué ironía) ni con su acompañante de aquella noche. Todavía hoy, más de trece años después, soñaba con ella. Pero ya no era una obsesión: había alcanzado el grado de amor platónico.

—Jefe, ¿vamos? —le propuso con entusiasmo uno de los jóvenes recién salidos del burdel que tenía toda la pinta de ser uno de sus acompañantes y al que su compañero, más veterano, acababa de tirar de la camiseta disimuladamente (pero con retraso) para advertirle de que aquella forma de hablar al jefe era un error.

Luis giró la cabeza con parsimonia hasta que sus ojos se fijaron en los del asustado escolta.

—¿Qué? —dijo Luis forzando el gesto de ira y perplejidad.

El muchacho no dijo nada; había entendido que algo de lo que había dicho llevaba regalo. Tras un largo silencio, el Cano habló con un claro tono cargado de agresividad.

—Me cago en tu puta madre. Aquí nos vamos cuando lo diga yo.

Y volvió a hacerse el silencio.

—¿Quién hostias es el hijo de puta este? —preguntó tras otra pausa a Narciso.

—Es de confianza, pero… algo joven —dijo queriendo excusar al chaval—. Pero si vas al centro, seguramente…

—¿Quién coño te ha dicho a ti que yo voy al centro? —dijo levantando más la voz todavía.

—Lo siento, Cano.

Esta vez el silencio fue tan largo que se hizo angustioso.

—Cámbiamelo, me cago en todos los santos —dijo Luis girando la cabeza para no tener a ninguno de ellos a la vista—. Y no quiero que nadie, absolutamente nadie, dé por hecho nada relacionado conmigo. Nada. Excepto las putas órdenes. No necesito que nadie suponga. ¿Está claro, hijos de puta?

Luis subió al coche cerrando de un portazo para esperar a que sus guardaespaldas estuvieran preparados. Sabía que había sido duro con ellos, que había quedado como un auténtico cabrón, pero así es como necesitaba parecer. Aunque hubiera dicho unos segundos antes que nadie debía suponer era justamente todo lo contrario: todos debían suponer que era alguien que no era, debía alimentar la leyenda de despiadado que una vez alguien –equivocada y afortunadamente para él– comenzó a escribir. Pero al mismo tiempo y por desgracia, el germen de su leyenda lo tuvo que vivir en primera persona. Y aquello, aunque ya lejano, lo había marcado para siempre.

Hasta los trece años Luis formó parte de un grupo de tres grandes amigos –uno de los cuales era casi como un hermano, esa figura que para él nunca existió– que se escapaban juntos del instituto, jugaban juntos a las cartas, piropeaban a las chicas; todo lo hacían juntos. Especialmente meterse en líos. Su mejor amigo, cuyo padre trabajaba como controlador aéreo, cambió de ciudad y se trasladó al otro extremo del país. No volvió a verle hasta once años después. El que se quedó junto a Luis era el más maleducado y el más temerario. En aquella época pocos muchachos decían palabras malsonantes, pocos desafiaban a sus padres o a los profesores; la educación y las buenas maneras iban siempre por delante. Así que ellos eran la nota desafinada. Eran claramente unos delincuentes en potencia, las normas se habían inventado para saltárselas. Acostumbraban a robar en tiendas de música, de ropa, hasta en los puestos de prensa. La seguridad que años después sería común no existía por entonces en este tipo de comercios; ni cámaras, ni chips, ni guardas, por lo que les resultaba relativamente fácil apropiarse de lo ajeno.

Pero llegó un día en que el dueño de una sala de juegos recreativos los sorprendió intentando reventar una máquina de marcianos que había en un rincón de la primera planta y a la que un pilar ocultaba parcialmente. Era casi la hora de cerrar y como no había nadie los jóvenes delincuentes vieron la ocasión perfecta y comenzaron su trabajo sin percatarse de que eran observados. Tras casi hacerles escupir el corazón por la boca les hizo entrar a punta de pistola en la oficina situada en la misma planta con el propósito –pensó Luis– de entretenerlos hasta que llegara la policía. Pero tras unos indefinidos e inexplicables cruces de mirada entre el dueño del local y su temerario amigo, el primero le dijo a Luis que podía marcharse. Extrañado, le respondió que no sin su colega, pero este le dijo que no se preocupara, que se verían fuera. Así que Luis salió del despacho, bajó las escaleras y abandonó el local por una puerta que el empleado, un hombre delgado y no llegado a la treintena, cerró por dentro de muy mala gana.

Esperó enfrente del local sentado en un banco de madera hasta que por fin salió su compañero de fatigas, al que recibió alterado. Solo había pasado un cuarto de hora pero a Luis se le hizo eterno. Necesitaba saber.

—Joder, qué ha pasado.

—Nada, Luis, de puta madre.

—¿Cómo que de puta madre?

—Sí, de puta madre. Que no nos denuncia.

—Pero hijo de puta, ¿me quieres decir qué ha pasado?

—Nada, coño, ya está. Todo solucionado.

—Venga, joder, que nos conocemos… —Luis se iba poniendo más nervioso por momentos.

El otro agachó la cabeza fingiendo estar apesadumbrado. Pareció real hasta que fue lentamente transformando su gesto en una sonrisa cómplice y se sacó de su bolsillo un billete con tres cifras.

—¿Pero qué has hecho, mierda? —exclamó Luis no queriendo imaginar—. Me cago en tu puta madre…

—¿Qué más da? Han sido unos minutitos…

—¡No me jodas! —empezó a gritar Luis, absolutamente alterado y sin poder retener las lágrimas de la ira—. ¡Te han dado por el culo!

—No, no —dijo el amigo mientras se acercaba a él para ponerle la mano en el hombro y tranquilizarlo.

—¡No me toques, cerdo, no me toques! —bramó, retrocediendo para huir de la repugnancia que le provocaba su amigo.

—Solo se la he chupado —dijo el otro, como si no tuviera la más mínima importancia.

—¡Joder! ¡Joder! —Luis estaba al borde de un ataque de nervios—. ¡Mierda! ¡Estás loco, cabrón!— siguió gritando mientras algunos vecinos levantaban las persianas y se asomaban discretamente para ver qué sucedía.

—Luis, cálmate, por dios, es tarde.

—¡No! ¡Esto se ha acabado! ¿Me oyes, bastardo hijo de puta? ¡Se ha acabado!

Y se marchó a toda velocidad, llorando como un niño herido y golpeando en su camino todo lo que estaba a su alcance. Su amigo, con el que había compartido tantas cosas, era un auténtico desconocido. Era algo que se le escapaba, algo demasiado nuevo, no sabía cómo manejar esa situación. ¿Qué le diría al día siguiente? ¿Podría mirarle a la cara? Ya en casa, y mientras le daba vueltas a todo aquello, el sueño le fue venciendo y antes de las siete de la mañana Luis ya había cerrado los ojos rendido y perdido al mismo tiempo.

Al día siguiente, mientras caminaba solo por las calles del centro meditando sobre todo lo acontecido, afectado por apenas haber dormido y sintiendo que su estómago seguía igual de descompuesto que la noche anterior, el claxon de un vehículo que paró a su altura le sobresaltó. No acertó a ver el conductor, pero el copiloto era su amigo, aquel que aparentemente estaba buscando un hueco en el sector de la prostitución homosexual. No iba a subir con él. Así que giró y comenzó a andar en el sentido contrario de la circulación.

—Sube, joder —pudo gritar su amigo una vez que consiguió bajar la puñetera ventanilla.

Luis paró en seco, lo miró simulando indiferencia y siguió caminando.

—Luis…

Luis se detuvo de nuevo, meditó… y esta vez se dirigió al coche. Acababa de decidir de forma repentina que era absurdo mostrarse neutro, que lo mejor era hacerle saber qué sentía, desahogarse. Y aunque seguía pensando que aquello era repugnante y no creía que su amistad con él volviera jamás a ser la misma, el cariño no podía desaparecer de la noche a la mañana. Además quería saber qué tramaba ahora ese colgado y ansiaba conocer a su nuevo socio y chófer particular, aunque para ello tuviera que hacer el esfuerzo de soportar el tremendo asco que todavía sentía.

—Pero no vuelvas a tocarme en tu vida, maricón de mierda.

Ni siquiera desde dentro del vehículo alcanzó a reconocer al piloto. Solo lo hizo cuando su amigo le contó que el pervertido de ayer le había mandado a buscar porque tenía un trabajo que ofrecerle. Eureka. Era el empleado. Luis comenzó a alterarse porque no sabía si ese individuo era de la misma calaña que el otro, pero su amigo lo tranquilizó contándole que era un buen tío, que incluso había accedido a ir con él hoy mismo, antes de la reunión, a un lugar apartado y dejarle su propio coche para hacer el loco un rato. Y es que precisamente Luis y él habían hablado recientemente de buscar un coche para practicar trompos, derrapes y todo lo que les pudiera ayudar en una situación crítica, porque aunque todavía no habían empezado a emplear esos métodos de fuga ni tenían la edad legalmente exigida para conducir había que estar preparado para cuando fuese necesario. Luis, nada conforme, se hizo para atrás en su asiento y pensó que quizá no fuera este hombre el peligroso, que seguramente sería el otro. Pero en pocos minutos los acontecimientos le iban a ayudar a salir de dudas.

Y todo sucedió muy rápido.

Cuando llegaron al lugar donde se suponía que iban a hacer sus improvisadas prácticas –una pequeña planicie junto a las colinas del sur de la ciudad– el conductor bajó rápidamente, fue hacia la parte derecha del vehículo y sin pensárselo y sin dejar salir a ambos de su asombro les apuntó con un arma corta, primero a Luis, después al otro. Ambos en el interior del vehículo todavía.

—Quien quiera morir que se mueva —dijo de forma torpe y temblando visiblemente.

Luis, que literalmente se acababa de quedar para-lizado de terror, comenzó a notar el calor húmedo de su propio orín en el asiento trasero del vehículo. Era la segunda vez en el último medio día que le apuntaban con un arma de fuego, pero en esta ocasión su sexto sentido le decía que el sujeto no iba de farol.

—Tú, ¡baja! —le dijo el empleado al otro sin dejar de apuntarle.

Obedeció su amigo sin dudar y se acurrucó, mudo de terror, contra la puerta recién cerrada del vehículo. También él había mojado sus pantalones: el hombre con la pistola en la mano estaba muy nervioso, parecía desequilibrado.

—Te diría que me la chuparas a mí también, hijo de puta, si no supiera que me la arrancarías de un bocado, cabrón, grandísimo hijo de puta... —gritaba descompuesto y con los ojos desorbitados—. ¡Él es mío! ¡Es mío! —Y cerrando los ojos y apretando los dientes disparó a bocajarro.

El panorama era nauseabundo. La puerta delantera derecha quedó cubierta de sangre y fragmentos de masa encefálica. Luis vomitaba ferozmente en el asiento trasero como si intentara desalojar al demonio de su cuerpo. Cuando el asesino soltó el arma llorando como una puta histérica y comenzó a correr hacia la carretera asustado, desbordado, loco e incrédulo de sí mismo Luis aprovechó esa nueva circunstancia para por fin bajar del vehículo. Y a punto de ser víctima de un ataque de ansiedad pero cegado por la ira cogió la pistola que había disuelto el cerebro de su amigo –la misma que había empuñado el maldito depravado la noche anterior– y apuntó al fugitivo, sin fortuna, porque el gatillo no cedió. Para más inri, un rugido de motor en el camino que bordeaba la colina le volvió a sobresaltar y, rendido a las circunstancias comenzó a correr campo a través preguntándose cuándo se le acabaría parando el corazón.

En el aparcamiento del club Luis se decía a sí mismo que nunca sabría ni cómo ni por qué la historia se contaba de otra forma.

Hubo una vez posterior que sí aprovechó conscientemente una circunstancia algo anómala para alimentar él mismo la falsa leyenda. Esa fue la primera y única vez que Luis disparó a un hombre. Lo hizo a bocajarro, tres veces. Un delegado, algo mayor ya, le había pedido audiencia con intención de darle una información confidencial. Le citó en su despacho un martes casi a medianoche. Solo estaban ellos en el edificio, en el polígono industrial, aparte del Abuelo. El destino es juguetón a veces, y aquel hombre no pudo llegar a contarle una sola palabra de aquello tan importante que le tenía que decir, porque nada más cerrar la puerta del despacho y poner la mano sobre el asiento en el que iba a desvelar no se supo nunca qué, se empezó a retorcer violentamente llevándose sus manos al pecho. En menos de medio minuto había dejado de respirar. Es cierto que la rabia que sintió el Cano le hizo darle una patada en el suelo, ya cadáver. Pero el rápido proceso de información que realizaron sus neuronas en ese momento preciso dio como resultado que Luis volviera detrás de su mesa, abriera el primer cajón, se acercara de nuevo al fiambre y le descerrajara tres disparos en el tórax a menos de un metro de distancia. Se sintió algo raro. No acababa de disparar a un ser vivo, no podía considerar que hubiera matado a un ser humano, pero sí sintió que se había cargado el alma de un hombre fiel que por desgracia no pudo acabar su trabajo. Aquel hombre no se lo merecía, es verdad. En ese momento ya daba igual, el siguiente paso que debía seguir Luis era fabricar una mentira inteligente para parecer un animal despiadado. Y no debía demorarse mucho, porque los pasos acelerados del mejor amigo del hombre que yacía a sus pies se oían cada vez más cerca de aquella habitación.

Narciso

Nunca lo olvidó. Navegaba a menudo por las redes sociales rastreándolo, intentando dar con él y decirle que había sido el hombre de su vida. Siempre sin suerte. Había sido el único y verdadero amor de un hombre que desde entonces escondía su esencia, que se ocultaba de su propia realidad. Sabía perfectamente que algunos de los delegados y otros colaboradores habían llegado a comentar que era marica, pero también decían otros que era asexual, o sea que algo había que decir, no era otra cosa. Pero la verdad era que tampoco le importaba mucho y el hecho es que jamás entró al trapo; se limitaba a cumplir con su trabajo y a soñar con su amor de juventud en el silencio de las noches. Y el hermoso joven que estaba sentado frente a él era tan parecido a aquel antiguo amante que se le ponía la carne de gallina. Así que pidió otro licor y le dijo al chaval que comenzara.

Que comenzara. Llevaba tres vasos ya y la imaginación se le iba por caminos desviados del amor propiamente dicho, algo lascivos, improcedentes. Se disculpó absurdamente a sí mismo, para sus adentros, y decidió que no volvería a probar ese destilado, que ya hacía tiempo que no se encontraba en un estado de tan poca lucidez. El joven por fin comenzó –a hablar– y el Abuelo se concentró en el trabajo y escuchó atentamente. Al finalizar el extenso relato, el muchacho se lamentó diciendo:

—Se lo han cargado, Abuelo. Había sido un hombre dudoso en otros tiempos, sí, pero ahora era un tío inofensivo, casi una vieja gloria. Son unos hijos de puta. ¿Quién ha podido ser?

—Sí, yo también lo conocí. No era demasiado limpio, siempre se lo dije. En todos los sentidos. Pero dime, ¿en quién piensas tú? —de nuevo, sin querer, se le fue la mente en busca del recuerdo de su amor.

—Últimamente veo mucho movimiento en los locales de la zona sur.

—No. Nada que ver con la zona sur.

Narciso recordaba sus cuerpos diecisieteañeros enredados en las sábanas de la habitación del hotel –en pleno centro de la zona sur– que regentaban los padres del muchacho, la que siempre les reservaba una joven cómplice que hacía la limpieza después y callaba discretamente a cambio de algún billete de los buenos. Amor, eso era lo que había despertado aquella relación, amor correspondido, amor sincero. Un amor que voló una vez sobre el océano y jamás volvió a aparecer, ni siquiera se dignó jamás a hacerle saber que estaba vivo. Desde entonces nunca tuvo una relación. Sí hubo un reencuentro carnal con una antigua novia –su único cariño heterosexual– en su pueblo natal una tarde de diciembre, al calor de la chimenea, confundido por el vino dulce y en estado de debilidad tras el abandono. Pero lo enterró en el pasado, no era algo de lo que sentirse orgulloso.

Su vida sexual después de todo aquello fue casi una pantomima. Dejando aparte el placer autónomo, los desahogos sexuales con acompañante eran a cambio de un alto precio; el que debía pagar a los jóvenes que supieran utilizar bien la boca cuando estaban con él y supieran cerrarla a cal y canto cuando no lo estaban. Si el muchacho que tenía enfrente no fuera tan abiertamente heterosexual bien hubiera valido un billete de tres cifras.

—Bueno, figura —dijo el Abuelo invitándole a escampar— ya veremos qué hacemos con la información. Sigue con lo tuyo.

—Vale, Abuelo. —Y se levantó y volvió a su mesa.

El Abuelo salió a la calle y subió a su coche para dirigirse hacia donde había quedado con su jefe, su antro favorito, el mejor burdel de toda la capital. Tenía que atravesar la ciudad, pero a esas horas no le llevaría demasiado tiempo. Mientras conducía tuvo la tentación de profundizar en el asunto anterior, pero no merecía la pena: su intuición, que pocas veces le había fallado, le decía que se estuviera quieto. Se lo comunicaría a Luis de forma rutinaria y punto.

Ahí se fue su mente por el camino hacia el burdel: a su jefe y cómo lo conoció. Había trabajado en una tienda de armas en la capital hasta que su vida cambió de forma radical; su amante desapareció después de más de once años de perfecto amor y casi se volvió loco. Llegaba muchas mañanas al trabajo sin haber dormido, doblado por el alcohol, y el propietario de la tienda decidió que un elemento así no debía ganar un céntimo a su costa. Algunos días después del despido, el anterior líder de los grupos mafiosos que operaban en la metrópolis le reclutó para su causa. Era mucho dinero lo que ganaba haciendo de todo un poco: un ajuste de cuentas por aquí, un golpe a un comercio por allá, algunos atracos menores y sobre todo, proteger al jefe. Como ahora, pero distinto. Ambos eran crueles como nadie, pero el primero había sido caprichoso y poco despierto; el actual, sin embargo, era muy inteligente y seguía un criterio para todo, y eso le daba bastante seguridad. Y pese a que en determinados momentos le había dado verdaderos motivos para detestarlo (Luis había hecho cosas imperdonables para cualquier ser humano) era esa estabilidad, ese lugar a medida que había conseguido para él en esta sociedad lo que más pesaba a Narciso a la hora de quererlo u odiarlo. Además había algo que le nacía hacia Luis, y no era un asunto de la carne, era como un instinto de protección. A veces pensaba que daría la vida por él si fuese necesario. Como a un hijo. Así lo sentía.

El conocerlo fue a raíz de que su exjefe quiso cobrarle el impuesto revolucionario al padre de Luis. El inútil mandó a un par de nuevos a hacer el trabajo, y él tenía la orden de observar en la distancia si el trabajo se realizaba de forma correcta. El Cano, un preadolescente en aquella época, les plantó cara –lo que le costó también un par de buenas hostias– para proteger el negocio de su padre, que esa semana estaba de viaje. Además no le sirvió para nada, porque volvieron días después, cuando no estaba él y sí su padre, le cobraron el impuesto correspondiente y «pactaron» las entregas periódicas. Nunca se lo hizo saber a su hijo por vergüenza. Pero esa actitud, ese arrojo y esa valentía que demostró el chaval le gustó, por lo que le siguió en la sombra durante unos cuantos años hasta acabar por cosas del destino trabajando para él.

Tras aparcar el coche junto al del jefe y ser advertido en la puerta de que este quería verle, se acercó a la barra del lateral izquierdo y lo saludó.

—Qué hay, Cano.

—Pues nada, que mejoramos la vida de los animales pero a los humanos del Tercer Mundo que les den por el culo.

El Abuelo no contestó. No tenía ni puta idea de a qué venía eso.

—Quiero que estés atento esta noche —dijo el jefe—. Yo desconecto.

Como eso significaba intimidad, mandó preparar la escolta como solía hacer en casos así y le advirtió de paso del asunto que le había contado el clon de su ex amante. No le hizo demasiado caso, le ordenó que no le diera esa información al inspector porque no hacía falta y salieron a la calle para esperar a sus acompañantes. Su mente volvió al pasado, a propósito del inspector.

El inspector era un buen amigo de Luis. Fue él precisamente el que permitió que el plan «pacificador» de su jefe se llevara a cabo. Permitió que reinara en los bajos fondos siempre y cuando hiciera tan poco ruido que cualquier persona honrada pudiera vivir sin temor a verse salpicada en asuntos de carácter oscuro. Además se exigió el compromiso de pasar información de cualquier índole que pudiera significar acciones u omisiones por parte de terceros que fueran en contra de los intereses de los ciudadanos de bien. Todo esto ocurrió después de que la policía diera el golpe más certero de la historia a los anteriores grupos delictivos. La mayor parte de sus integrantes acabaron repartidos por todas las prisiones del país, pero él, el Abuelo, se libró por colaborar activamente en el operativo policial que consiguió acabar casi de forma definitiva con la inseguridad ciudadana.

—¿Qué? —El tono de ira del jefe lo sacó de su sopor—. Aquí nos vamos cuando lo diga yo. Me cago en tu puta madre.

En medio del silencio del aparcamiento, al que había llegado junto a Luis, sumido en sus recuerdos, el Abuelo trataba de leer en los rostros qué cojones acababa de pasar.

—¿Quién hostias es el hijo de puta este? —Le preguntó el Cano.

El Abuelo miró al muchacho al que había hecho llamar para actuar como uno de los escoltas esa noche, pero estaba claro que algo no le había gustado de él. Sin embargo, tenía el perfil perfecto para estar cerca del jefe y al mismo tiempo pasar como un chaval más divirtiéndose en la noche de la gran ciudad.

—Es de confianza, pero… algo joven —explicó—. Pero si vas al centro, seguramente…

—¿Quién coño te ha dicho a ti que yo voy al centro?— le gritó el Cano.

Odiaba esa actitud, odiaba su lenguaje. Era demasiado exigente con su gente, demasiado. Al Abuelo le gustaba tener autonomía para anticiparse a todo y pensar en el bien de Luis y del equipo, pero a veces, cuando este se mostraba tan tajante y desagradable con el libre albedrío que tantas veces le había sacado de apuros, le detestaba. Con fuerza. Es más, hubo una época que casi lo llegó a odiar. Fue cuando su mejor compañero, amigo se podría decir, fue a hablar con el jefe a su despacho un martes por la noche imposible de olvidar. No quiso decirle de qué se trataba, pero le hizo saber al Abuelo que era importante, que por favor le dejara subir solo. Un minuto después de oír la puerta cerrarse sonó un disparo y corrió hacia arriba subiendo los escalones de tres en tres. Halló a su amigo tendido en el suelo, con tres balas en el pecho, y a su asesino apoyado en la mesa del despacho mirándolo fríamente. No pudo evitar preguntar por qué, arrodillado junto al cadáver, sabiendo que con un arma en la mano aquel hombre era imprevisible. Pero el Cano no le gritó esta vez, simplemente le dijo que no aceptaba chantajes, que no quiso siquiera escuchar qué iba a decirle porque era sobre él, el Abuelo, y la relación que tenía con él le impedía dejar que alguien la transformara dando una información que, fuera cierta o no, quizá jamás pudiera contrastar. Por supuesto, el Abuelo no le creyó. Estaba claro: era una burda mentira para evitar reconocer que había ido a extorsionarlo a él. Qué listo se creía ese hombre. Pensaba que iba a engañarle. Y si alguna vez dudó de que fuera un animal sanguinario y sin escrúpulos, ahora lo tenía totalmente claro.

Porque la primera vez que vio a Luis actuar como un hombre despiadado –apenas tendría trece años – fue en un paraje solitario detrás de las colinas del sur, en un camino en mitad de la ladera que tenía un pequeño ensanche donde parar el vehículo y satisfacer las necesidades sexuales. La noche anterior había ido a cobrar un favor al negocio de un colaborador de su antiguo jefe.

Allí vio a Luis con su amigo, a los que ya conocía por los pequeños alborotos que montaban en algunos negocios que estaban bajo su «protección». Discutían escandalosamente; más bien era el Cano el que amenazaba al otro: «¡Que te den por el culo! ¡Estás acabado!, ¿me oyes? ¡Estás acabado!» lo oía decir. Estaba demasiado agresivo, la verdad, pero nunca pensó que acabaría cometiendo el crimen del día siguiente. Ese día –el de autos–, en aquel ensanche en la ladera de la colina, un joven chapero cumplía con los deseos de Narciso desde el asiento del copiloto cuando un disparo cercano sobresaltó a ambos. Apartó a su interesado amante de un empujón, arrancó el coche y salió al camino en parte para saber qué había pasado y en parte para poner el vehículo en posición de salir disparado. Cuando miró hacia abajo, hacia la pequeña planicie, y vio al que acabaría siendo su jefe con un arma en la mano mirando con los ojos desencajados de la ira los restos de la cabeza de su amigo resbalando lentamente por la puerta del conductor, se dio cuenta de que aquel ser era capaz de cumplir con cualquier amenaza. Hizo una rápida llamada y realizó el encargo de hacer desaparecer el vehículo y el cadáver. No se acercó demasiado al lugar, no le apetecía. Ese día estaba algo sensible. Sería su naturaleza, pensó. Ya no le apetecía sexo, así que decidió acompañar a su fulano hasta la ciudad. De camino vieron otro siniestro: un deportivo azul había atropellado en una curva a un hombre. Estaba reventado. Parecía delgado y no llegado a la treintena.

Desde luego, vaya día había elegido para ir a pegar un polvo a la montaña.

EL PARAÍSO

Andrés

Abrió los ojos lentamente y todo lo que alcanzaba a ver era color azul celeste. Cuando tras breves segundos sintió el intenso calor y la brisa suave sobre su piel, se reenganchó al juego de la existencia –como le gustaba decir que ocurría cuando despertaba en un lugar poco común y empezaba a recalcular todo hasta comprender cómo había llegado hasta allí– y afinó su oído para apreciar el embrujo del sonido de las olas rompiendo en la orilla. Tras unos minutos escuchando esa melodía de la naturaleza tropical, el exceso de grados centígrados rompió el hechizo y tuvo que darse la vuelta sobre la toalla para que el astro rey igualara en su espalda y en la parte trasera de sus muslos el tono que ya había marcado por el anverso. La ligera brisa hacía más llevadero ese lento tostado, porque él nunca disfrutó de tomar el sol tumbado en la arena, lo veía aburrido de solemnidad. Y leer un libro o navegar con la tablet no le parecía útil así, desde el punto de vista de que el viento hacía incómodo un libro de papel (como a él todavía le gustaba usar) y la arena y algunas gotas de agua no eran muy apropiadas para el buen funcionamiento de los dispositivos móviles, por mucho que algunos fabricantes se empeñaran en vendernos lo contrario. Con los ojos semientornados por la luz cegadora y girando su cabeza hacia su derecha podía divisar a pocos metros una pareja de jóvenes muchachas que gastaban su tiempo manipulando sus teléfonos inteligentes con evidente entusiasmo. Cada poco rato una de ellas decía algo y la otra asentía o reía, pero no apartaban su vista de la pantalla. Para esto quizá era absurdo subirse a un avión y volar durante medio día, pensó Andrés. Pero acto seguido se arrepintió: quién era él para decidir si los demás eran memos o no si, como en este caso, no podía ver desde la perspectiva de esas hermosas jovencitas.

Mientras se retiraba el sudor de la frente con el antebrazo, y sin dejar de mirarlas, un niño cruzó ante su mirada a alta velocidad levantando gran cantidad de arena y recogiendo el hilo de sus pensamientos. Ahora era el enano, de poco más de tres años, el foco de la atención de Andrés. Se incorporó haciendo amago de levantarse a por él cuando el granuja paró en seco para volverse y dedicarle una sonrisa burlona. Mientras se alejaba riendo el pequeño terrorista, Andrés pensó en lo poco que le había apetecido siempre ser padre. Su prioridad siempre había sido él mismo, su sombra, su imagen en el espejo. Supo tener grandes amigos porque tenía la afortunada capacidad de saber disimular todo su egocentrismo, pero su vida había girado hasta hacía muy poco en torno a su poesía, su música y sus relaciones amorosas. La carrera y los postgrados los había sacado con brillantez, pero se había mostrado muy exigente con las ofertas de trabajo que le habían llegado, y como era capaz de generar dinero con sus creaciones literarias y musicales se había permitido el lujo de rechazar la mayoría. Por lo menos hasta que llegó la mejor oferta. Un buen trabajo, cómodo y bien pagado. Sentía que la suerte le había sonreído siempre, porque primero se había dedicado a lo que más le apasionaba y ya más maduro había alcanzado una buena posición profesional.

Sin embargo la suerte no le acompañó con su familia. Nunca estuvo a su lado, pero no fue por dejadez o falta de amor sino fruto de la desdicha. Su padre, funcionario del registro civil, murió al poco de nacer él al ser arrollado en un paso de peatones por un vehículo conducido por el alcohólico hermano de su esposa, cuyo hígado duró poco más que su cuñado. Andrés oyó a una vecina, años después, decirle a su madre que no le guardara rencor a su propio hermano porque gracias a él tenía lo que habían estado buscando tan desesperadamente. Más tarde el pequeño preguntó intrigado qué había querido decir aquella mujer: el llanto amargo de su madre mientras lo abrazaba fue la única y enigmática respuesta. Solo conoció de su padre lo mucho que ella le contaba y las pocas fotos que había en su casa en las que aparecía. Era un hombre joven. Siempre le llamó la atención la poca similitud física que tenía con él. Siempre le extrañó, sí, pero nunca quiso comentar ese asunto con su madre; se limitó a sospechar en silencio que no le había sido fiel del todo o que la genética era a veces caprichosa, ya que tampoco conservaba rasgos comunes a ella. Esta le dio todo el amor que le quedaba tras la muerte de su esposo, al que extrañó todos y cada uno de los días del resto de su vida. Llegó a su fin poco antes de que Andrés abandonara el instituto, víctima de un paro cardíaco que tuvo él la desdicha de presenciar una noche recogiendo los platos de la cena. Siempre tuvo la impresión de que la pobre mujer intentaba decirle algo mientras escapaba de este mundo miserable, pero la agonía no dejó que sus palabras se entendieran.

Pero no era ese momento de recrearse en el pasado luctuoso, sino de disfrutar del presente emocionante. Se retiró de nuevo el sudor que cegaba sus ojos y abandonó el paisaje de su izquierda, girando el cuello y fijando su vista al frente. Ahí, en ese enfoque, apareció una mujer de largo cabello caminando desde el agua, lenta y sensualmente, emanando belleza y gotas de mar salado en cada paso que la alejaba de la orilla y la acercaba hasta él. Esa diosa que emergía de las aguas y que era capaz de hacer girar las cabezas a casi la totalidad de los adultos de ambos sexos que tomaban el sol a decenas de metros a la redonda fue también capaz de dinamitar, meses atrás, ese bienestar personal del que disfrutaba Andrés. Y nada volvió a ser lo mismo. Su pasado le parecía lejano y ajeno al mismo tiempo, como si él no fuera el protagonista de los recuerdos que había en su memoria. Laura le había cambiado el mundo, y la verdad es que a veces se planteaba si a mejor. Amar tanto a una mujer creaba una dependencia emocional, eso era innegable, y esas cadenas no le hacían feliz, máxime cuando el resto de su vida había sido un alma libre. Habían pasado mujeres por su vida por las que había llegado a sentir algo realmente especial e intenso. En determinados momentos había llegado a pensar que ese sentimiento era amor, pero ahora que estaba con Laura sabía que el verdadero amor era lo que esa dama era capaz de despertar en él cada segundo de su nueva existencia. Hasta su creatividad estaba en el punto más álgido de su vida y los poemas y las canciones salían despedidos de la punta de sus dedos.

Escribió su primer poema cuando tenía siete años. Lo hizo para participar en un concurso en el centro de enseñanza. No ganó el premio, pero la profesora de Lengua le hizo sentir tan bien cuando valoró su creación que decidió que aquello debía repetirse la mayor cantidad de veces posible. Más tarde, en la preadolescencia, escribir le sirvió no solo para engordar su ego sino como vía de escape de sus juveniles engaños amorosos y de la angustia que le generaba descubrir que la vida no era un camino de rosas. Pocos años después, gracias a un amigo amante de la música menos comercial, aprendió a tocar el piano y la guitarra. Jamás podría tocar a un nivel medianamente profesional, pero aporrear esos instrumentos le sirvió para unir la música que componía con las letras profundas que sus sentimientos eran capaces de originar y nacieron canciones bastante interesantes que públicos reducidos aclamaron relativamente. Pero lo importante era que, por una parte, su ego podía subsistir con ese frugal alimento y, por otra, que su cuerpo podía nutrirse también con lo que le pagaban determinados grupos de éxito regional por escribirles las letras de sus comerciales y burdas canciones. Así las calificaba en aquella época a sus más íntimos, aunque con el tiempo aprendió a no juzgar y comenzó a hablar siempre de lo ajeno de una forma positiva. Hablar bien de la mediocridad de otros o ensalzarlos por encima de su posición podría parecer que lo dejaba a él a un nivel inferior, pero no, no era así. Hacerlo le hacía sentir justo y parecerlo frente a los demás, y eso también hacía engordar su insaciable *yo*.

—Ya te has despertado —dijo alegremente Laura.

—Y la visión que he tenido parecía la continuación de un sueño…

—Toda esa dulzura y romanticismo no se acabará tras la luna de miel, ¿verdad?

—No, cariño.

Andrés observó feliz cómo la mujer que tres días antes se había comprometido con él, con cientos de testigos, para siempre, vestida de blanco, en el templo más antiguo de la ciudad, se acomodaba en la toalla dedicándole una mirada de niña enamorada. No solo la amaba con todas sus fuerzas. Es que se sentía amado de la misma forma. El resultado era que en momentos como aquellos el paraíso estaba bajo sus pies, sería imposible encontrar un ser más feliz que él en todo el universo aunque buscaran hasta el fin de los días. Pero en los otros momentos, en los de ausencia, el efecto era el contrario: de ahí sus dudas sobre el alcance de su felicidad. Pero como un sabio escribió muy acertadamente: «Estaremos juntos mientras cada minuto que pasemos separados sea para sufrir».

—Mi amor, estoy incómodo con tanta arena y el calor me está agobiando ya demasiado. ¿Nos levantamos y nos tomamos algo?

—Yo me quedo.

—Vale. Recuerda que eres una mujer casada.

—Tonto.

Andrés se levantó sacudiéndose la arena y pasó su toalla por el rostro para secar algo de sudor.

—Ahora vengo, no tardo.

Se alejó de ella caminando hacia el bar. No había mucha distancia, pero sí era necesario calzarse para no quemarse los pies hasta la pasarela de tablones. El chiringuito también era de madera, muy tropical, y una pareja de jóvenes autóctonos se encargaban muy servicialmente de atender a los clientes. La chica se acercó a él con intención de preguntar, pero Andrés se adelantó.

—Lo más refrescante que tengas.

La chica sonrió y volvió sobre sus pasos sabiendo ya qué debía prepararle. Mientras giraba su cuerpo Andrés hacia la orilla, dando la espalda a la barra y con la sana intención de no perder de vista al magnífico espécimen que había dejado tumbado junto a su toalla, captó la mirada furtiva que el joven y bien formado camarero dedicaba a la susodicha, y así volvió el dilema de nuevo: ¿debía sentirse afortunado por ser él quien disfrutaba del amor y la compañía de la dama o debía sentirse celoso por desconocer qué tipo de pensamientos –si eran más o menos lascivos, o directamente pornográficos– se generaban en la mente del otro macho? Como siempre, optó por lo segundo. Y también, como siempre, a cualquiera le hubiese asegurado lo primero.

Laura

Todo lo que alcanzaba a ver era color azul celeste, sobre todo cuando las molestas gotas de agua marina le dejaban abrir los ojos sin agobios. Se sentía especial flotando hacia arriba en la posición de la estrella y con el lejano sonido de las olas rompiendo en la orilla. Alrededor, en el agua, apenas había unas pocas decenas de personas, pero cerca de ella en esos momentos no había nadie. Y el poco oleaje le permitía mantener esa postura que le resultaba tan relajante y tan pacificadora. Se transportó en el tiempo a su infancia, a la playa de la ciudad donde emigró su familia, con siete años recién cumplidos y ajena a los problemas, que eso era cosa de mayores. Y flotando frente al cielo, como ahora. Recordaba a su madre sentada en una silla metálica en la orilla, ensimismada con el suave impacto de las olas, y a su padre leyendo el diario deportivo y fumando tabaco negro en una tumbona reforzada. Su padre era muy grande, y a ella le daba miedo ser algún día tan pesada y voluminosa como él. Había oído en el colegio que esas cosas se heredan...

Pero jamás llegó a ser gruesa, siempre se pareció a su madre, al menos físicamente. No en el temperamento, porque ella era mucho más divertida y habladora que su progenitora. Era el centro de atención por donde pasaba. Cuando cumplió diecisiete años le ofrecieron trabajar como animadora en un albergue infantil, cosa que rechazó de inmediato. Los pequeños no le interesaban en absoluto, eran los padres de los niños los que despertaban su inquietud y por desgracia, y paradójicamente, sus instintos más oscuros. Le venía muy bien ganarse un dinero para poder hacer más cosas de las que le permitía la ayuda semanal de su querida tía, sí, pero huía de situaciones donde se debiera relacionar con adultos. Porque si bien su primera vez fue con un vecino de su antigua casa familiar, con el que se vio alguna vez ya en la adolescencia, su más vergonzante acto sexual lo compartió –meses antes de aquella oferta de trabajo en el albergue– con el padre de un niño al que visitaba para darle clases particulares de matemáticas. El hombre, que no llegaría entonces a la treintena, la acompañó de vuelta una tarde de tormenta en la que casi diluvió en la región, hasta el punto de que horas después del miserable coito se decretó el estado de emergencia por inundaciones. Adulto y escaso de escrúpulos, empleó juegos de seducción con una adolescente cuyo mayor defecto era el deseo de experimentar cualquier cosa cuya supuesta finalidad fuera obtener placer. Así, el individuo detuvo el coche al principio del camino que desembocaba en casa de la tía de Laura –donde esta vivía desde que su padre la abandonó– con la excusa de esperar a que escampara y de esta forma poder ver bien los baches. Así lo dijo. A ella la frase le sonó tan absurda como a él justo después de pronunciarla, pero su excitación, el morbo por saber qué podría pasar y la lluvia torrencial le hubiera mantenido dentro del coche fuese cual fuese la excusa. Y una vez parados a cobijo del diluvio, en un viejo monovolumen gris como la tarde, el hombre, con una voz tierna y aterciopelada y sabio en la adulación y en el manejo de los tiempos despertó el animal que Laura siempre tuvo dentro; fiera que tuvo que calmar su hambre con la carne de un hombre inmoral.

No volvió a dar clases jamás a aquel niño y hubiera huido del padre nada más verle. Porque no solo estaba casado y tenía un hijo, es que había cometido un delito. Aquello la dejó relativamente marcada y no volvió a tener relaciones con adultos mucho mayores que ella hasta varios años después, cuando con veintitrés, en un viaje de tres días a la capital, acudió con una amiga a lo que la otra decía era una fiesta sexual. A esas alturas ya tenía mucho mundo corrido, había pocas cosas que no hubiera probado, y esa era una de ellas. Fue en una lujosa casa en la zona alta de la ciudad, en un sector residencial donde vivía la gente con exceso de dinero. El taxi las dejó en la misma puerta, y una especie de conserje les abrió la cancela y las invitó a pasar, indicándoles que se sirvieran un vino en el jardín, junto a la piscina. El recinto era inmenso, precioso, estratégicamente poco iluminado, la música de ambiente sonaba cálida y sensual y la casa, enorme también, debía de ser de alguien muy poderoso. Tomaron un vino extranjero mientras se preguntaban cómo se desarrollaban las cosas en este tipo de fiestas. Todos los que iban entrando saludaban cortésmente al resto, incluyéndolas a ellas, y Laura advirtió que algunos se conocían entre sí pero otros no. Además, sin venir en parejas –algunos venían en grupos, otros individualmente– el recuento por sexos hubiera estado muy igualado.

—Perdón —dijo una voz muy aguda.

Laura se sobresaltó incorporándose y recobrando la verticalidad en el agua mientras un niño recogía una pelota que había caído justo al lado de ella. Qué real había sido el recuerdo. Se sintió extraña, ajena. Pero comprobó que el infante se alejaba, se relajó de nuevo, se concentró en recomponerlo todo –como decía Andrés– pero a la inversa, y se dejó llevar de nuevo por las aguas del pasado.

—Lo siento —dijo una voz varonil, mientras Laura observaba el poco vino que aquel hombre había hecho quedar en la copa tras el golpe—. De verdad, perdona, he sido muy torpe.

—No, tranquilo, hay más vino —dijo graciosa y algo espesa, mirando el rastro del tinto en el suelo del inmenso comedor en el que se encontraban y haciendo cuentas de si la que le había vaciado era ya la quinta.

—¿Has visto?, ya hay por lo menos tres grupos jugueteando —le susurró su amiga al oído en un tono travieso e infantil—. Yo empiezo a estar caliente, ¿qué hacemos?

Laura también lo estaba. Mucho. También estaba algo bebida, quizá por querer desinhibirse en esa situación tan novedosa para ella. Mientras hacía como que escuchaba lo que le seguía diciendo al oído su acompañante, el torpe señor, el que había derramado parte de su copa y que todavía no se había movido de su lado, la cogió de la cintura y la giró firmemente pero con delicadeza hasta que ella ya no pudo evitar mirarlo.

—Eres la mujer más bella de la noche —dijo a media voz.

Laura se fijó en él por primera vez. Adulto, mucho mayor que ella, alto, con unas facciones anguladas y el pelo casi gris, parecía un comandante de algún ejército. Le inspiraba poder, le transmitía seguridad. Cuando él, muy lentamente y sin importarle el gesto de desaprobación de la amiga, acercó sus manos a los hombros de Laura, esta dudó –no era él su mejor elección– pero esperó. Porque le resultaba un hombre muy interesante y porque quería comprobar hasta dónde llegaría y, sobre todo, cómo. Él deslizó hacia afuera con sumo cuidado los tirantes del vestido, y este cayó hasta enredarse en las caderas de Laura, dejando ver los maravillosos pechos de una hermosa y joven mujer. Esta no pestañeó. Sonrió como asintiendo, tomó la mano izquierda del hombre y con la misma suavidad que había empleado él la llevó hasta el centro de sus ingles.

Esa noche el comandante hizo de ella lo que quiso, con ternura y experiencia, y la hizo sentir especial. Algunas copas de vino más tarde una rubia caprichosa consiguió juguetear con algunas de sus partes –deliciosamente– hasta que un inoportuno varón vino y se la llevó en volandas (a la otra) y empezó a penetrarla encima de una mesa para disgusto de Laura. Aprovecharon esa pausa un par de fornidos muchachos con máscaras, pinta de deportistas y muy visiblemente bien dotados para acercarse con evidente intención de mostrarle a Laura lo buenos amantes que eran. Pero Laura, la salvaje, la fiera, salió de la jungla y los aprendices de Eros acabaron siendo devorados, exprimidos: ella se encargó de extraerles la energía y todos sus fértiles jugos.

—¡Cuidado!

El pelotazo en la boca le devolvió de nuevo a la realidad.

—Perdone, señora —se le oyó decir temeroso al niño.

Laura le sonrió, pero no contestó. Señora. Eso soy ahora. Una señora casada con un alto cargo de una empresa de distribución. Una señora casada y enamorada.

Con estos pensamientos comenzó a andar hacia la orilla. Para muchos el amor llegaba por una atracción física, para otros por una conexión intelectual, para otros por el roce de los años. A ella le había venido por cómo le hacía Andrés sentir, no como mujer, sino como ser.

—Ya te has despertado —le dijo al llegar a su altura.

—Y la visión que he tenido parecía la continuación de un sueño…

—Toda esa dulzura y romanticismo no se acabará tras la luna de miel, ¿verdad?

—No, cariño.

No es que no estuviese cómoda en situaciones como esa, pero la verdad, prefería un lenguaje más sencillo. El romanticismo estaba bien, pero el exceso —de lo que fuese— siempre debía evitarse. También por ese motivo se había comprometido con él, ante cientos de testigos, vestida de blanco, en el templo más antiguo de la ciudad hacía tres días escasos. Como siempre lo soñó. Pero debía admitir que cuando el sacerdote acabó su larga frase interrogativa y se hizo el silencio, las dudas quisieron ponerla a prueba. ¿Es este el hombre de tu vida?, se preguntó a sí misma. ¿Es el más guapo que has conocido? ¿El más inteligente? ¿El más rico? Todas las contestaciones eran la misma: no. Entonces, ¿qué haces? Y la respuesta que contestó a esta última pregunta, zanjó el debate interno y sonó como un sí para todos los asistentes fue «huir del pasado».

—Mi amor, estoy incómodo con tanta arena y el calor me está agobiando ya demasiado —dijo Andrés— ¿Nos levantamos y nos tomamos algo?

—Yo me quedo.

—Vale. Recuerda que eres una mujer casada.

—Tonto.

Mientras veía alejarse a su amado le dio la espalda al cielo y se soltó el bikini. Así que en el fondo, pensó, esa luna de miel para ella era el principio de una nueva vida, porque apenas unos meses antes todavía estaba desubicada, sin arraigo, sabiendo de sus debilidades y pensando que jamás encontraría con quien disfrutar de una vida tranquila y equilibrada, con todo –incluido el sexo– en su justa medida. Ella, que había estado con decenas de hombres, que jamás volcó sus sentimientos más profundos con nadie solo por el miedo a salir herida, había encontrado un gran hombre, luchador, cariñoso, sensible y buen amante, romántico y además, nada celoso. Debía estar tranquila. No imaginaba cómo un ser así podría hacerle daño.

SEGUNDA PARTE

VOLTERETA Y MEDIA

CAPÍTULO UNO

TREINTA Y SIETE AÑOS ANTES DE LA CAÍDA

LO SAGRADO

Pasaban veintitrés minutos de las tres de la madrugada. Se dirigían andando al convento por el que habían preguntado el día anterior a su vecina del séptimo. Esta les había mirado detenidamente y les había dado las indicaciones para llegar a él, justo antes de añadir desagradablemente que por el camino encontrarían una iglesia donde podrían confesarse. Les animó además a hacerlo explicándoles que el cura de aquella parroquia era un hombre bueno, conocido en toda la zona por su gran corazón, y que seguro que no les reprocharía nada. Vaya, pensó. También en la ciudad la gente estaba dispuesta a juzgar.

Los últimos meses se habían trasladado a un piso de alquiler en aquella mugrienta escalera huyendo del pueblo y de sus más que probables habladurías. Eran tiempos difíciles para el adulterio. Su esposo, embarcado en un mercante, tenía su vuelta prevista para septiembre después de casi once meses navegando por el mundo. No imaginaba de qué sería capaz si llegara siquiera a sospechar algo. Era fuerte, intenso, un gran trabajador que sustentaba la casa con el cuantioso premio obtenido por viajar por todo el globo y pasar temporadas enteras sin ver a su amada. Y amada se sentía, sí. Pero ella jamás le correspondió, nunca fue amor lo que ese hombre le inspiraba, solo un intenso cariño mezclado con necesidad que, además, ya quedó muy lejos en el tiempo. No era más que el miedo y la comodidad lo que le empujaba a seguir con él, que no a su lado. Dinero razonable. Ausencias prolongadas. Libertad. Y no era mala vida, bien analizado. Pero el sentimiento que llegó a existir se fue escapando a base de cartas cada vez más espaciadas, de palabras cada vez más rudas, de hombría cada vez más egoísta. El egoísmo era un pecado, pensó al pasar por delante de la iglesia de la que le habló su vecina. Miró las puertas de madera, talladas y barnizadas torpemente. Se fijó un poco más. La de la derecha estaba ligeramente abierta.

Un chasquido se produjo en su pensamiento. Su intención era dejarlos en la puerta del convento, pero los últimos días la idea de que aquellas supuestas hijas de dios probablemente ganaran dinero con los frutos de sus entrañas le carcomía. No creía en la iglesia, no creía en las monjas, solo creía en la buena gente. Recordó las palabras de su vecina. Miró alrededor, no había nadie. Se acercó con cuidado y abrió la puerta muy despacio. La diferencia de temperatura le acabó de convencer, puesto que dentro el ambiente era casi fresco y fuera probablemente rondaban los treinta grados a esas horas. Eran las cosas del verano en la costa. La verdad es que se estaba razonablemente bien allí dentro –pensó la mujer–, así que qué mejor sitio para abandonar a sus hijos de tres días de vida. Prefería que el párroco de aquella iglesia decidiera qué sería de ellos, seguro que se los daría a alguien que los cuidara bien. Qué suerte, pensaba irónica mientras los contemplaba con el instinto maternal que solo un mamífero tiene.

Despegó su vista de ellos a la voz de su suegra, que desde la puerta, inquieta, le apremiaba. Qué lástima de mujer –se lamentó–, qué triste. Con cincuenta y tres años y su mente ya era pasto del olvido. Qué pronto le había venido la vejez, qué sinsentido. No era consciente de que sus nietos se iban a quedar fuera de su vida para siempre. Así que allí estaba aquella mujer, perdida, en la puerta secándose el sudor mientras su nuera dejaba los frutos de su adulterio abandonados para que todo fuera exactamente igual que hacía unos meses. La voz más elevada de su suegra la sobresaltó y le devolvió a la realidad.

—Venga, vámonos, nena. ¿Pero a qué hemos venido?

Se dio cuenta de que la mujer ni siquiera había reparado en que sus nietos descansaban en sus cestas sobre uno de los bancos del oscuro templo, tan tranquilos, en un sueño alimentado con los fármacos que le recomendó aquella gitana en uno de sus viajes. Tampoco ella reparó –por desgracia– en un borracho amante del aguardiente, irresponsable conductor y cuñado de un funcionario del registro civil que dormía su resaca en el penúltimo banco de la derecha.

—Vámonos, porque ni me acuerdo. —Mintió, mirando por entre sus lágrimas por última vez a sus hijos.

No habían cogido el pequeño utilitario con el que vinieron del pueblo para evitar que algún samaritano

insomne les tomara la matrícula cuando abandona-
ran a las criaturas, y ahora debían hacer el camino de
vuelta a pie. No llevaban en ello más que apenas unos
minutos y la madre de su engañado esposo ya había
hecho varias pausas en su animada charla inconexa
para preguntar por el motivo de su llanto. Pensó que
la desdicha de esa mujer era mayor que la suya propia. Y eso que ella era consciente de que la suerte le
había sido siempre esquiva. Se casó con un hombre
al que había tenido una gran estima, pero el amor de
su vida había sido –lo era todavía– otro. Un ser que
fue su novio durante un breve espacio de tiempo, el
que tardó en darse cuenta que su orientación sexual
era otra. Él huyo del pueblo antes que ella, y quedó
destrozada. Acabó rehaciendo su vida con el que ahora
era su marido. Pasó el tiempo. Hasta que hacía exactamente doscientos treinta y nueve días el novio que un
día le dijo que la dejaba por un hombre volvió un fin
de semana al pueblo y le hizo una visita inesperada.
Era diciembre. Le contó que estaba desengañado, que
el amor de su vida le había abandonado y que la vida
así no tenía sentido. Estaba desconsolado. Y arropados
por el fuego de la chimenea, por el café y por el vino
dulce, algo surgió en aquella tarde fría. Él estaba sensible, vulnerable, y ella estaba harta de estar sola y de
tener que saciar su apetito carnal con almohadas. Algo
surgió, sí, invocado por el deseo natural de ella y por
la necesidad de cariño y comprensión de él. Hicieron
el amor con la ternura de una pareja de almas incom-
prendidas que se encuentran y se apoyan la una en
la otra. Pero aquello no debió haber ocurrido, y esa

misma tarde él volvió a desaparecer de su vida para siempre. Aunque no del todo; olvidó en el cuerpo de su amante las semillas de futuros seres.

El camino de grava atravesando el parque de vuelta hacia el piso de alquiler hacía ruidoso el caminar de las mujeres. Una, la mayor, locuaz y entusiasmada por la cercanía de la llegada de su hijo pero lejana al mismo tiempo de la gravedad de lo que acababa de suceder. Otra, la más joven, pensativa, analizando y replanteando todo porque cada minuto que pasaba su dolor era más grande. No quería dejar a sus hijos abandonados, porque habían nacido de la carne, sí –de la suya– pero también de un sentimiento al fin y al cabo. Sin embargo pensar en su marido la obligaba a recapacitar, no quería que al conocer los hechos y ver a los hijos del hombre que había fornicado con su mujer les hiciera daño en un arrebato de ira. Era totalmente capaz. Y por ello sabía que debía seguir caminando, pensando en cualquier otra cosa. Pero no era posible. Caminaba recogida en su dolor enorme, agigantado a cada paso que hacía sonar en el silencioso camino, a cada centímetro que se alejaba de sus hijos, de su sangre, de la carne de su carne, de la vida que no compartiría con ellos….

—¡No! ¡No! ¡No! —Y en medio de su dolor, con sus firmes monosílabos ahogados por el llanto, dio media vuelta y, sentando a su suegra en un banco y pidiéndole que la esperara allí para ir más aprisa guio sus pasos de nuevo hacia la iglesia. Había que recuperar la vida que quería tener al lado de sus niños, esos que eran fruto de una relación lo más parecida al amor que había tenido nunca.

Corrió como jamás pensó que fuera capaz, empujada por el instinto y espoleada por el punzante aguijón del profundo arrepentimiento. Rayando la extenuación llegó, entró y se dirigió hacia el banco donde los había dejado, y al ver la primera cesta suspiró aliviada. Pero el corazón casi se le paró cuando no vio la segunda: se lanzó al suelo por si había caído pero no había nada, solo una solitaria botella de licor varios bancos más allá. Ni siquiera pudo gritar. Cogió la única cesta, comprobó que su retoño seguía allí y salió a la calle corriendo por si veía a alguien que hubiese podido llevarse al otro. Cegada por sus propias lágrimas dio varias vueltas al edificio que había al cruzar la calle y al descampado cercano, pero no vio a nadie. Volvió otra vez a la iglesia a comprobar que realmente no estaba. Así era, alguien se había llevado a su hijo. Loca de dolor, recorrió las calles más cercanas a la iglesia sin encontrar rastro alguno. Finalmente, al borde de un ataque de ansiedad, recordó a su suegra en el parque, indefensa, y tirando a un lado la cesta para ir más ligera comenzó a correr con su bebé en brazos pensando en que debía llegar cuanto antes, que no debía haberla dejado sola a esas horas en medio del solitario parque y que su torpe inconsciencia podría hacer que la tragedia se agrandase.

No podía imaginarse cuánto.

LOS DEMONIOS

La jornada anterior había sido calurosa, así que toda la tarde estuvieron bebiendo vino y celebrando de bar en bar que eran por fin libres tras siete y once años de cautiverio respectivamente. El mundo había cambiado hasta el punto de casi ni reconocerlo. Donde antes había campos y solares hoy había edificios altos y modernos, y algunos de ellos hasta disponían de ascensor. Había coches más pequeños y veloces: el cielo parecía que les mandaba herramientas de escape para emprender de nuevo su trabajo, porque, aunque no cumplieron sus condenas por ello, ambos tenían en común el vicio de adueñarse de lo que no era suyo.

Tras invitarles a abandonar el local (eran casi las once de la noche) el dueño del bar accedió a venderles un par de botellas de licor, tras lo que se fueron caminando hacia el parque que había camino de una pequeña iglesia. Allí podrían acabarse la bebida tranquilamente y dormir sobre el césped hasta el amanecer, porque no había nadie que les esperara en ningún lugar y menos en aquella gran ciudad costera. El más joven era de la capital; el mayor, de una pequeña aldea del sur. Sus destinos eran los de los marginados, los del desecho puro, el ser repudiados por todos por el sencillo hecho de ser un simple violador de mujeres el primero y un pobre asesino de ancianos el segundo.

Bajo uno de los árboles junto al estanque se encontraban los expresidiarios. Habían pasado las últimas horas filosofando sobre la vida y la libertad y haciendo buena cuenta de la primera botella y gran parte de la segunda. Ahora discutían sobre quién encontraría antes un hogar donde dormir y quién acabaría antes fornicando con una mujer. Para ambas cosas se necesitaba dinero, por lo que con total seguridad iban a seguir desempeñando su papel de delincuentes en la sociedad.

Haciendo planes imposibles de futuro recostados sobre el césped estaban cuando divisaron lo que parecía una silueta de mujer sentada en un banco junto al camino de grava. Parecía especialmente nerviosa, porque se levantaba, caminaba unos pasos en círculo y volvía a sentarse una y otra vez. Uno de ellos, el más joven, soltó de pronto una etílica y vaporosa carcajada, se incorporó ágilmente y comenzó a correr hacia ella canturreando un infantil y burlón «yo primero». El otro, que le siguió de inmediato ansioso de ver qué se proponía su compañero, observó cómo este se abalanzaba sobre la mujer –bastante entrada en la madurez– y con el factor sorpresa a su favor la derribaba fácilmente. Tras el impacto y el tremendo susto la pobre intentó desde el suelo emprender la huida, pero el individuo se le puso encima, le arrancó el bolso y comprobó muy a su pesar que solo contenía pañuelos y documentación personal, nada de dinero. Blasfemando su decepción, el perverso individuo se desabrochó los botones de su pantalón y la mujer, ya presa del pánico, forcejeó e intentó gritar, pero fue acallada por un cobarde y violento puñetazo.

—¿Te la vas a follar? —dijo el mayor, totalmente incrédulo.

—Y antes que tú —respondió el pervertido sonriendo y mostrando sus escasas piezas dentales.

—Espera, cuidado —advirtió el otro.

—¿Qué quieres, coño?

—Viene alguien —dijo mientras afinaba la vista—, parece una mujer.

—Vaya, hoy estamos de suerte.

La mujer venía corriendo de una forma extraña hacia ellos. De pronto comenzó a gritar, paró a dejar en el suelo un extraño bulto envuelto en trapos y se acercó más veloz todavía. Conforme se iba acercando pensaron que la suerte era doble, porque era joven y bien proporcionada. La pareja estaba paralizada, estaban estupefactos. En el mundo que dejaron fuera, antes de entrar en prisión, las mujeres huían de ellos, no venían corriendo a su encuentro. La muchacha se agachó junto a la mujer tendida, le pidió desconsolada que le contestara, le puso las manos sobre el pecho y tras unos segundos les gritó enfurecida.

—¡La habéis matado! ¡Canallas! —Y escupió hacia ellos.

Se miraron el uno al otro sonriendo con la misma falta de escrúpulos y de humanidad, y pensaron al unísono –completamente compenetrados– que la suerte se les acumulaba, porque no habría testigos (visibles) de la doble violación que iban a cometer en breves instantes.

* * *

Pocas horas después de aquella atrocidad, de aquella vileza supina, llegaron los tres a la capital. El más joven de los adultos había oído en prisión que en un determinado lugar del centro de la ciudad recompensaban generosamente la entrega de bebés recién nacidos, por lo que el presunto objeto que la joven dejó en el suelo y que llegó medio deshidratado tras aquel viaje acabaría siendo un pequeño tesoro para ellos y para el matrimonio que lo adoptara.

Para los hijos del averno el futuro fue dispar. El mayor murió pocos años después de una cirrosis y el más joven intentó reintegrarse con el valor de la inmoral recompensa introduciéndose en el nuevo y floreciente mundo de las máquinas recreativas. Fue asesinado en un ajuste de cuentas poco después de retirarse, por lo que no llegó a cumplir los sesenta y siete. El letal encargo lo realizó alguien que lo vio durante años como una espina clavada que, tarde o temprano, había que extraer.

El bebé tuvo la suerte de ser acogido por un adinerado empresario del mundo de la piel y los curtidos y su cariñosa esposa. La verdadera madre de la criatura fue afortunada también –o no– al ser estrangulada y abandonada por aquellos desalmados sin que comprobaran si le quedaba pulso, así que tuvo algunos años por delante para ser la mujer más desdichada del mundo.

Ni siquiera la niña que uno de los demonios dejó en su vientre –y que en su plenitud acabó dedicándose al arte pictórico– le hizo más alegre su existencia.

TERCERA PARTE

DOBLE SALTO MORTAL

CAPÍTULO ÚNICO

LA CAÍDA

EL ABUELO

Se ocultó detrás de una columna a la salida del aparcamiento con el corazón en un puño. El Cano se había vuelto repentinamente y observaba el entorno; quizá sospechara que le seguían. Tras unos segundos se giró de nuevo y se introdujo en la terminal, hecho que Narciso aprovechó para cruzar con paso acelerado y detenerse cautelosamente en la entrada. Hacía tiempo que no estaba tan nervioso. Dejó de fumar hacía cerca de diecisiete años, y en esos momentos nada le hubiera hecho más feliz que un buen cigarrillo rubio. Un gran número de personas que esperaban como él en la puerta hacían lo que él ahora deseaba. Pensó en la satisfacción que les debía producir introducir en sus pulmones ese humo corrosivo, porque sus rostros al aspirarlo eran de enorme placer. Era como si en estos años el tabaco fuera acompañado de un mayor surtido de ingredientes ocultos y afrodisíacos.

Olvidó aquello y se centró de nuevo en no perder de vista a Luis, que manipulaba su dispositivo móvil ya dentro de la terminal, a unos metros de la puerta, parado de espaldas a esta. Se podría decir que estaban muy cerca, de una forma poco recomendable si se leyera el manual del buen seguimiento, pero con tanto gentío era muy fácil perder el rastro y quería asegurarse de que su jefe venía a recibir a un viajero, no a coger un vuelo. Porque pese a que no llevaba equipaje alguno, vestido de forma tan elegante y con ese cambio de peinado era más probable la segunda opción, y esa no le gustaba en absoluto. Porque aquello era de locos. Llevaba varios días sumamente disgustado, confundido, preocupado, sobre todo tras observar los extraños movimientos que su jefe y su nuevo equipo habían realizado en la cabaña. No pudo comprobar qué dejaron dentro porque tuvo que seguir al vehículo que le había conducido hasta allí, pero en su cabeza lo que en un principio era una duda razonable se había ido convirtiendo a su pesar en una más que probable realidad: Luis Cano se disponía a desaparecer, a quitarse de en medio. Eso no podía hacérselo a él, que lo había protegido como el activo más valioso de su desdichada vida, no podía olvidar todo lo que había hecho por él, no podía esfumarse como si apenas se hubiesen conocido. Nunca hubo una sola muestra de cariño de Luis hacia él, pero él a Luis lo quería como a un hijo.

Observó cómo guardó su teléfono en el bolsillo y comenzó lentamente a caminar, casi con solemnidad. Ahora se trataba de ver si se dirigía hacia salidas o llegadas. Si su líder se esfumaba él haría lo mismo. Con el dinero ahorrado intentaría desaparecer también, inventar una nueva vida. Quizá lo hiciera en algún país lejano. Quizá se reencontrara con su amor perdido.

El Cano, que acababa de arrancar, avanzó apenas unos metros y paró de nuevo en seco, como si algo hubiera olvidado o como si –eso sería terrible– hubiera notado finalmente que estaba siendo seguido. Allí, en medio de la multitud que circulaba en todas direcciones, parecían estar fuera de contexto el Cano, inmóvil en el centro de todo, y una desconocida mujer arrastrando una maleta que corría en la misma dirección que Luis y sonreía emocionada con la casi previsible intención de abrazarlo. Dios. A ver si al fin y al cabo su jefe solo se había presentado en el aeropuerto a recibir a aquella viajera.

Se acordó de nuevo del que tantos años antes le abandonó. Quiso por un momento que aquella mujer y aquel hombre que presumiblemente iban a protagonizar una escena tan romántica fueran su amor fugado y él mismo. Las lágrimas se quisieron asomar, como si buscaran ser testigo también de todo, pero las reprimió y decidió que se conformaba con la realidad que estaba a punto de presenciar, con que ese abrazo se produjese, con que Luis tuviera una amante secreta y que él mismo, a su edad, no tuviera que rehacer de nuevo su vida.

Luis seguía casi inmóvil, sin perder aparentemente la compostura, aunque ahora sí era evidente que ella le iba a abrazar a él, solo a él. Y así fue; ella se fundió en un emotivo abrazo y Luis, pese a aparentar algo de frialdad, respondió al fogoso beso húmedo que la hermosa mujer le dedicó con una pasión digna de la mejor historia de amor.

Por fin, el Abuelo respiró tranquilo y emocionado. Porque era como parte de su familia. Y porque todo parecía indicar que, finalmente, no lo iba a perder.

LUIS

Traspasó la puerta de la terminal tras echar la vista atrás –llevando la contraria al tópico– y despidiéndose de un país que con total seguridad jamás volvería a pisar. Y aunque estaba tan lejos de casa en una ciudad tan desconocida para él, esta no le resultaba ajena. Su hogar y la región en la que estaba diciendo adiós a su vieja existencia compartían lengua y gran parte de sus respectivas costumbres. Así que aquel aeropuerto de aquella ciudad iba a ser la última visión real que tendría de su tierra. Pero lo más duro era partir con la sensación de que sentimentalmente este sitio le debía algo. Ya nunca la encontraría. Adiós para siempre.

Nada más entrar, anduvo unos pasos y paró a mirar instintivamente si tenía algún mensaje. Sonrió al recordar que su móvil antiguo estaría a punto de volar con el resto de la cabaña: este era nuevo y nadie conocía su número. Además había decidido que no conservaría ningún contacto, ni de teléfono, ni de mensajería instantánea, ni de correo electrónico. Su nuevo terminal, su cambiada apariencia y su cartera conteniendo su nueva documentación le convertían en otro hombre.

Así que emprendió de nuevo la marcha. Como no llevaba equipaje solo tenía que dirigirse al mostrador –donde le facilitarían la tarjeta de embarque–, pasar el control y subir al avión, todo ello en poco más de una hora. Miró el reloj del fondo del ala izquierda, hacia donde acababa de girar. Caminó hacia allí durante unos segundos y al bajar un poco la vista se dio cuenta de su error, porque en el cartel sobre el que se encontraba el reloj se advertía claramente que se dirigía hacia la zona de llegadas, así que las salidas eran en el lado totalmente opuesto.

Pero… bajó un poco más la vista. Observó a alguien que le resultó familiar. Una mujer que de pronto le sonrió y empezó a caminar más deprisa hacia donde él se encontraba. Tuvo intención de girar la cabeza para localizar a la persona a la que ella dedicaba su sonrisa, pero no hizo falta. Estaba claro. Era él a quien miraba con familiar cariño, y era él a quien se dirigía cada vez más rápido, casi corriendo.

Era ella. Ella. La mujer con la que soñaba por las noches, la mujer que redibujaba en su mente los días solitarios, la mujer que veía en otras mujeres mientras les hacía el amor, la mujer a la que tuvo una sola vez y dejó en su carne y en su alma la huella más profunda jamás imaginable. Era ella y venía a su encuentro. Y era inminente.

Todo sucedió mucho más rápido de lo que Luis hubiera deseado. Porque hubiese querido prolongar hasta la mitad del infinito ese momento mágico e increíble. Ella llegó hasta él, cerró los ojos y le abrazó tres segundos; después tomó su rostro y le dio el beso más cargado de sentimiento que Luis Cano había recibido en su vida. No lograba entenderlo. ¿La habría buscado ella todo este tiempo? ¿Habría pasado por lo mismo? Las lágrimas le sorprendieron, y ella tampoco las pudo contener, y esta vez fue él quien tomó la iniciativa y volvió a besarla pensando que había que replantearse todo, que así todo cambiaba. Que el mundo se había vuelto del revés.

Pero no sabía hasta qué punto.

LAURA

Respiró muy profundamente y comenzó a bajar por la escalera que acababa en la pista. Lo hizo con pasos firmes, decidida a hacer frente al trago de ver a Andrés y ocultarle la verdad. Decidida a no contarle que aunque su cuerpo se entregó a otro y había gozado de él como una loca en aquella habitación de hotel su corazón estaba con su amor verdadero, con su esposo fiel.

Subida en el autobús que la sacaría de la pista de aterrizaje Laura recordó su primera vez con el que ahora era su marido. Era un gran amante, delicado y satisfactorio, pero aquella tarde en un mediocre hotel de carretera solo fue tierno y romántico. No pudo consumar el acto, estaba nervioso y por desgracia lo único que hubo tenso en aquel momento fue el ambiente, pese a que ella intentó quitarle importancia al gatillazo. Fue la única vez, la verdad. Después siempre fue generoso en la cama y ella gozó de él tanto como al contrario, así que su vida sexual era satisfactoria. ¿Por qué pasó, entonces? ¿Por qué tuvo que serle infiel? Pensó al día siguiente de la noche desenfrenada que nada de aquello debía haber ocurrido. Pero tal vez necesitaba una válvula de escape para evitar un estallido, como si su subconsciente hubiera permitido que su cuerpo se descontrolara para poder seguir guardando un equilibrio emocional durante una buena temporada, como si algo dentro de su masa gris tuviera vida propia y un desarrollado instinto de supervivencia. Era un pensamiento cínico, así lo creyó. Pero podía no serlo.

Bajó del autobús y se encaminó con el resto de pasajeros hasta la pasarela que le llevaría, tras varios rodeos, a la cinta donde recogería su equipaje. Hacía unas horas había hablado con Andrés, que le contó que iba a ver a un amigo. Ni le preguntó de quién se trataba, no le importaba. Solo se esmeró en hacerle creer que se acostaría temprano para descansar tras una jornada estresante. No le dijo, claro está, que había dejado la exposición en manos de una colega para poder volver un día antes y así darle una sorpresa. Su intención era coger un taxi y dirigirse a casa para llamarle por teléfono y, si estaba, hacerle asomar a la ventana con cualquier excusa para que la viera allí, y si no, esperar tendida en la cama su vuelta con la ropa interior más caliente que guardaba. Alguna vez lo había hecho así, a él le encantaba.

Tras recoger el equipaje comenzó a andar hacia la salida preguntándose si, con tanta gente que había hoy en el aeropuerto, habría taxis libres. Era más tarde de las siete y normalmente no había tanto ajetreo. Estaba impaciente por verle, por besarle, quería demostrarle sin dudar que en su vida sentimental no había nadie más que él. Andrés había estado muy raro últimamente, muy encima de ella y haciendo reproches de tipo celoso.

Tras el conato de cópula que hubo tres meses antes con el mismo hombre, ella tal vez se habría comportado de alguna forma distinta a la habitual y eso había despertado en él el peligroso monstruo de los celos. Pero verdaderamente hasta hacía día y medio no hubiera habido nada que temer, porque fue un ligero calentón y no fue a más. Lástima que ocurriera aquello.

Mientras arrastraba su maleta con la mente puesta en el calentón se preguntó a qué temperatura estarían fuera, y buscó con la vista alguna pantalla donde leer ese dato. Y fue entonces cuando le vio en medio de la multitud, tan elegante como siempre que tenía alguna reunión –aunque hubiera jurado que hoy se había tomado el día libre–, tan sobrio, tan varonil. Qué cosas tenía, qué atento era: pensaba darle una sorpresa y al final era ella la que se la llevaba. No podía evitar quererle, era lo mejor que le había pasado. Supuso entonces que al no estar disponible su teléfono durante el vuelo habría llamado a la exposición y allí habría sonsacado la información que necesitaba a la compañera, que al no conocerle bien no se habría puesto suficientemente en guardia para evitar sus preguntas, siempre intencionadas e inteligentes. Por algo era tan buen negociador.

La emoción por volver a abrazarle le hizo empezar a andar con celeridad, casi a correr. Mientras se iba acercando le notó algo distinto, algo en su mirada, algo en sus rasgos, no supo qué.

Pero pese a todo allí estaba su marido, el amor de su vida, y ya con lágrimas en los ojos le abrazó con todas sus fuerzas y comenzó a besarle con todo el amor que era capaz de transmitirle, al mismo tiempo que se juraba a sí misma que jamás volvería a distanciarse de él ni un solo momento.

ANDRÉS

Llegaron a la terminal en taxi porque Andrés se entusiasmó en su estreno como consumidor de cocaína. Su amigo –veterano en estas lides– paró a tiempo, pero no supo obligar a su aprendiz a hacer lo mismo. El alcohol salpicado de polvo blanco impidió al irreconocible señor Abad hacer de chófer de su amigo, así que prefirió pedir un taxi que les llevara al aeropuerto y que acto seguido lo dejara a él en casa, donde esperaría con impaciencia la llegada de Laura al día siguiente.

—Andrés, estás demasiado acelerado. Tranquilízate. Y suénate y deja de hacer ese gesto tan feo —le dijo a media voz para que no lo oyera la joven que acababa de pedirle que pusiera la maleta en la cinta transportadora.

—Es la tensión de esperar hasta mañana para empezar de nuevo —dijo no demasiado convencido—. Bueno, y algo de culpa tendrá la coca, claro —finalizó casi entre dientes.

—Pues claro, coño. Toda. Menos mal que te vas a casa, porque no estás en condiciones de hacer cualquier otra cosa sin que se te note que estás como estás.

—Recogió la carta de embarque y comenzó a andar hasta la zona de salidas.

—Déjalo, hostias, no me jodas, que pareces mi padre —dijo Andrés en un tono sorprendentemente desagradable.

—En fin, no tendré en cuenta lo que me has dicho —dijo algo dolido—. Pero prométeme que te irás a casa y que a partir de mañana vas a hacer todo para conservar el pedazo de mujer que tienes. Promételo.

Andrés pensó por un momento que no podía perderla, y si los celos iban a llevarle a eso se los comería costara lo que costara.

—Claro. Perdona. Ven aquí.

Se fundieron en un gran abrazo y acto seguido su amigo se dirigió al pasillo que terminaba en el control de seguridad.

Una vez le hubo perdido de vista, Andrés dio media vuelta y comenzó a caminar entre la gente hacia la salida para volver a tomar el taxi que les había traído hasta allí. Cuando estaba a pocos metros de la puerta miró instintivamente a su derecha y vio a escasos pasos del comienzo del pabellón de llegadas a un guardia al que conocía; compartían café en la cantina de la galería de tiro los días en que coincidían allí. Como era un hombre agradable, además de buen compañero, le saludaría. Por qué no. Llegando casi a su altura cayó en la cuenta de que su estado no era el más normal, pero el guardia ya le había visto y le había sonreído mientras le hacía un gesto amistoso con la cabeza. Ya no podía evitar saludarlo.

—Hola, Andrés. Y eso tú por aquí. No te doy la mano porque la tengo mojada, vengo del baño.

—Nada, nada, sin problemas. Pues mira, he venido a despedir a un amigo que se va de boda a las islas.

—¿Se casa?

—No, su hermana.

—Mejor para él —dijo observando la extraña y curva tensión en los labios de Andrés.

El guardia, perteneciente a los cuerpos de seguridad, estaba situado de frente hacia el gigantesco pasillo de llegadas esperando a que su compañero saliera también del servicio, mientras que Andrés, en ángulo de noventa grados, le daba la espalda al exterior y observaba una joven ligera de ropa que se agachaba descuidadamente a recoger una revista. Debieron abrírsele los ojos más todavía porque su compañero giró su cabeza para mirar el panorama.

—Madre mía —dijo mirando de nuevo al frente una vez que la chica volvió a tomar la postura de un Homo Erectus—. Pero eso que viene por ahí sí es espectacular.

Andrés volvió su cabeza hacia la izquierda y vio a Laura correr hacia su posición. ¿Laura? No, no. Se giró para ver bien a la mujer, porque no podía ser ella: volvía al día siguiente. Pero su corazón se aceleró como si hubieran pisado a fondo algún pedal en su interior: efectivamente era ella. Laura. La tenía allí, menuda sorpresa.

Así que, al fin y al cabo, la nueva vida empezaba hoy, no mañana. Su felicidad creció al mismo ritmo que sus palpitaciones. Pero no entendía cómo podía haberle visto entre tanta gente. Dio unos pasos adelante para aproximarse a ella, cosa que hizo también su amigo el guardia, que era desconocedor del hecho de que esa mujer escultural era su esposa. Conforme se iba acercando más a ellos Andrés cayó en la cuenta de que la mirada de Laura no estaba exactamente dirigida a su posición, porque ellos se encontraban situados en un ángulo ligeramente distinto. Por lo tanto, esa sonrisa y esa emoción que su esposa sentía mientras abría los brazos no estaban dirigidas a él. ¿Cómo?

Efectivamente y de pronto, su esposa, su amada, la dueña de su vida se abrazó sin dudarlo a un hombre desconocido al que Andrés no pudo identificar porque le daba la espalda. Sus revoluciones aumentaron exponencialmente. Tranquilidad, se dijo a sí mismo. Será un viejo amigo. Calma. Calma.

Pero no. La pasión con que Laura, su Laura, besó en la boca a aquel hombre no identificado fue un estallido brutal en su cabeza. Su vida se acababa de romper en mil fragmentos. Era la prueba definitiva, el fin del trayecto. Se acabó. Adiós.

Todo sucedió a la velocidad del rayo.

Había observado la cruel escena a la izquierda de su simpático compañero de tiro, hombro con hombro. A la vez, la buena y la mala suerte habían establecido que el otro fuese zurdo y hubiera comido sin saberlo un sobre de sopa caducado. Había evacuado el intestino tres veces esa tarde, con la circunstancia añadida de que la última no abrochó bien la badana de su pistola, lo que hacía más fácil todo: la mano derecha de Andrés y el juguete sin protección estaban separados por escasos centímetros. Pero no meditó si era más o menos difícil conseguir su objetivo; simplemente le quitó el arma de forma ágil y precisa. Y favorecido por las circunstancias especiales del desafortunado guardia (a la obscena distracción, al desconcierto y a la debilidad fruto de su descomposición estomacal se les sumó un inoportuno resbalón), y espoleado por la coca, avanzó Andrés en un instante no más de cinco pasos al mismo tiempo que quitaba con habilidad el seguro y apuntaba a la cabeza del hombre. No le hacía falta saber quién era: nadie podía justificar que él fuese finalmente un simple cornudo.

El primer disparo rompió un cartel luminoso, provocando el pánico y la más absoluta perplejidad en los ojos de Laura, que no podía entender que al mismo tiempo que acababa de abrazar a su marido él mismo le disparara desde unos metros más atrás. El siguiente –un segundo después del primero– hirió a un hombre mayor que no tuvo reflejos para alejarse de allí de forma suficiente; cayó al suelo malherido. Otra detonación –que no realizó él– precedió a su tercer y certero disparo.

Hubo después otras descargas, pero él ya solo fue testigo de una más.

CUARTA PARTE

EL ORIGEN

CAPÍTULO FINAL

EL ALETEO DE LA MARIPOSA

El día anterior había sido trágico. Un tiroteo en el aeropuerto de la ciudad había registrado el balance de tres personas muertas por impacto de bala, un herido grave por fuego perdido y decenas de heridos de diversa consideración como consecuencia de la avalancha que el pánico provocó. Miembros del cuerpo responsable de la vigilancia y seguridad en el aeropuerto abatieron al asesino de un hombre y a otro de mediana edad que no se sabía aún muy bien por qué empuñó también un arma que acabó disparando. Según la policía todo apuntaba a un acto de celos, aunque a esas horas no se habían esclarecido todavía los hechos dada la confusión en las tareas de identificación de los cadáveres y en la dificultad en conseguir una declaración coherente de la principal testigo y esposa de una de las víctimas. Por otra parte, y de forma casi simultánea, la explosión en una cabaña en la cordillera norte, a unos pocos cientos de kilómetros de allí, acabó con la vida de un hombre también por identificar y originó un incendio forestal que no fue sofocado hasta unas horas después.

Si aquel cura de buen corazón hubiera vivido lo suficiente como para leer esta crónica de sucesos, conociendo la historia completa, su corazón probablemente no lo hubiera soportado. ¿Cómo asimilar que la única superviviente del aparente triángulo amoroso había cometido incesto con sus propios hermanos, que había contraído matrimonio con uno de ellos, que éste había disparado a bocajarro en el aeropuerto al otro, y que el padre de los varones –abatido también por la policía– llegó a intimar años atrás con un violador que probablemente fuese el padre biológico de la primera...? Hubiera sido fulminante para el pobre anciano. Pero sin conocer la cruel y espantosa verdad, sin saber ni un solo detalle de aquellas vidas insensibles al peligro, de esas almas que jugaban sin temor en el trapecio, sin cuidado, sin red, expuestas a cualquier evento inesperado, a una pequeña distracción, a un ligero viento –como el sutil aleteo de una mariposa frente al rostro en pleno salto mortal–, le hubiera embargado la misma sensación que aquella lejana mañana, treinta y siete años atrás, cuando apagó la radio, abatido, pensando con amargura cuán eficientemente era capaz de actuar el mal. Podría decirse –pensó aquel día el buen sacerdote– que la noche anterior el diablo había estado haciendo malabares, cabriolas, saltos mortales. Porque no muy lejos de la casa de dios donde ejercía él su sagrada vocación una mujer entrada en la madurez había sido robada, ultrajada y cruelmente asesinada; y otra mujer, más joven y nuera de la primera había sido violada de forma salvaje y dada por muerta a escasos metros de la entrada de un parque cercano. Sintió el buen cura que los lacerantes dolores de espalda que lo martirizaban últimamente no eran más que una gota en el mar de sufrimiento que componía el mundo. Menos mal que vivía allí mismo –en la vivienda detrás de la parroquia y a la que accedía desde la sacristía– y que tenía un buen monaguillo, sobrino para más suerte. Ante la inesperada y paralizante lumbalgia del día anterior, le había cuidado con la atención y la responsabilidad de un adulto, siendo como era un niño aún. Todavía podemos formar gente que haga el bien, se dijo. Sin duda.

—Hijo, ayer te portaste como un hombre. Dios te bendiga.

Su sobrino, que por falta de atención no cumplió en la víspera con un sencillo encargo de su desvalido tío, había estado preparando con temor y vergüenza una pregunta durante la última hora. Ahora era el momento. Hizo de tripas corazón, se santiguó y habló.

—Padre, ¿siempre que no hacemos algo que se supone que debemos hacer hemos de confesarnos? —dijo.

—No, hijo, no. Solo si es algo verdaderamente importante —dijo sonriendo paternalmente—. Pero no olvides —añadió— que cualquier acto, por inocente que parezca, puede tener consecuencias inesperadas.

Aquel monaguillo, que años después trabajaría como camarero en una cafetería céntrica lejos de aquella gran ciudad costera, nunca supo que el inocente descuido que tanto le preocupaba –olvidar cerrar la puerta

de la parroquia a última hora de la tarde– había signifi-
cado el primer aleteo del insecto.

Pero lo que tampoco llegó jamás siquiera a imaginar fue que la noche en la que fornicó con una antigua
compañera de facultad acabó forzando que la infiel y
arrepentida esposa volviera a casa un día antes de lo
previsto.

Fue así, de forma tan involuntaria como absurda,
como originó el inconsciente muchacho su segundo –y
más devastador– efecto mariposa.

ÍNDICE

SEGUNDA PARTE: VOLTERETA Y MEDIA

CAPÍTULO UNO
TREINTA Y SIETE AÑOS ANTES DE LA CAÍDA

TERCERA PARTE: DOBLE SALTO MORTAL

CAPÍTULO ÚNICO
LA CAÍDA

CUARTA PARTE: EL ORIGEN

CAPÍTULO FINAL

Vicente R. Blasco nació en Alicante el 16 de agosto de 1970. Apasionado desde temprana edad a la lectura, en su etapa de estudiante ganó varios concursos literarios locales de redacción, cuentos y poesía durante sus años de residencia en Elche.

Su afición a la escritura la materializó por un tiempo componiendo letras para canciones. Y como el artista polifacético que es, ha experimentado también con la pintura.

Su espíritu inquieto y creativo le ha llevado ahora a escribir su primera novela.